真実の終わり

THE DEATH OF TRUTH

Notes on Falsehood in the Age of Trump

MICHIKO KAKUTANI

ミチコ・カクタニ

岡崎玲子 訳

集英社

目次

あらゆる場所でニュースの報道につとめる、ジャーナリストたちに捧げる。

【凡例】


*原書の註は章ごとに番号を振ったうえで巻末にまとめた。

*本文中に言及のある文献について、本書校了時点で邦訳のあるものはその邦題で示し、未訳のものは原題と仮邦題を示した。

*本文中に引用のある文献は邦訳の有無にかかわらず原則として新たに訳出した。但し一部は註に示した邦訳に従った。

*訳注は［　］で示した。

*巻末の追加文献について、邦訳のあるものは該当書も付記した。

真実の終わり

はじめに

人類の歴史において、最も酷(ひど)い政権のうちの二つが二〇世紀に権力を握った。その両方が、真実への冒瀆と略奪に基づいていた。民衆は、シニシズム、疲弊感、不安によって、無制限の権力を求める指導者たちの嘘や偽りの約束を受け入れるようになる、という考え方に依拠していた。『全体主義の起源』（一九五一年）でハンナ・アーレントが書いた通り、「全体主義的統治の理想的な臣民は筋金入りのナチでも筋金入りの共産主義者でもなく、事実と虚構との区別（つまり経験の現実性(リアリティ)）をも真と偽の区別（つまり思考の基準）をももはや見失ってしまった人々なのだ」[*1]。

　このアーレントの言葉は、今日の読者にとって警戒すべきことに、別世紀からの伝言というよりも、私たちを取り巻いている政治的・文化的状況の、身の毛のよだつような鏡になりつつある。フェイクニュースや嘘が、ロシアのトロール［ネット上での荒らし行為、その行為をする人］製造工場で大量生産されたり、米大統領の発言やツイッター・フィードから延々と吐き出されたりしており、それがソーシャルメディアのアカウントを通じてイナズマのような速さで世界中を駆けめぐっている。ナショナリズム、同族意識、混乱、社会変革への恐怖、外部の者への嫌悪が再燃している。人々は、孤立した党派集団やフィルター・バブル［検索エンジンの情報遮断アルゴリズム］に閉じ込められ、リアリティを共有する感覚や、社会的・党派的な境界線を超えてコミュニケーションをとる力を失いつつある。

こうした現状を、第二次世界大戦当時の圧倒的な惨状との直接的な類推として描き出そうというのではない。民衆が、扇動と政治的操作を受け入れやすくなり、国家が独裁を目指す者の格好の標的となるような条件や振る舞いに着目したいのだ。それはマーガレット・アトウッドが、ジョージ・オーウェルの『一九八四年』と『動物農場』における「危険を知らせる旗」と呼んだものである。[*2] 事実が軽んじられ、感情が理性に取って代わり、言語が侵食されることで、真実の価値そのものが低下する経緯を検証しようと思う。このことは、米国と世界にとって何を意味するだろうか。

一九七一年のエッセイ『政治における嘘』にアーレントは次のように記した。[*3]「われわれがそのなかで日常生活をおくっている事実の織物全体がいかに脆いものであるかは、歴史家のよく知るところである。それはつねに一つひとつの嘘によって穴を開けられたり、集団、国民、階級の組織された嘘によって引き裂かれ、否定され、歪められ、またしばしば山のように積み重ねられた虚偽によって周到に覆い隠されたり、ただ忘却の淵に沈むにまかされたりする危険にさらされている。事実が人間の事柄の領域に安住の地を見いだすためには、記憶されるための証言や確証されるための信用のおける証人が必要である」。

米国の公務上で「事実と分析の果たす役割が低下しつつある」様子を指して、ランド研究所が使用した「真実の衰退（truth decay）」という表現が、聞き慣れた「フェイクニュース」や「もう一つの事実（alternative facts）」といった語彙と並んで、ポスト真実の辞書に加えられた。[*4] フェイクニュースだけではない。気候変動否定派や反ワクチン主義者が捏造する似非科学（フェイク）、ホロコースト修正派や白人優位主義者が捏造する誤った歴史（フェイク）、ロシアのトロールが捏造するフェイスブック上の偽米国人（フェイク）、さらにソーシャルメディア上でボットが生み出す嘘（フェイク）のフォロワーや「いいね！」も追加された。

米国の第四五代大統領であるトランプの嘘はあまりにも多く、ワシントン・ポスト紙によると、欺瞞に満ちているか、または誤解を招く発言は、就任一年目で計二一四〇回にものぼっている。[*5] これは、一日当たり約五・九回のペースである。虚言の内容は、米大統領選挙へのロシアの介入をめぐる調査から、トランプ自身の人気と業績、どれほどテレビを見ているのかまで広範囲にわたる。しかもこれらは、民主的な制度と規範に対するトランプの襲撃を示すたくさんの警告のうちの、最も明るく点滅している赤信号でしかない。トランプは、報道機関、司法制度、諜報機関、選挙制度、政府機能を担う公務員たちを、日常的に非難しているのだ。

真実に対する攻撃は米国にとどまらない。世界中でポピュリズムと原理主義の波が、恐怖や怒りへの訴求を理性的な議論よりも優先させている。その波は民主的な制度を蝕み、専門知識を集団の知恵で置き換えている。英国では、EU離脱派の選挙バスにあしらわれたEUと英国の経済関係に関するでたらめな主張が、ブレグジットへの支持を伸ばした。[*6] ロシアは、フランス、ドイツ、オランダなどで、選挙の前段階におけるディスインフォメーション（dezinformatsiya）を強化したが、それは民主国家の信用を傷つけ不安定化させるプロパガンダ活動の一環だった。

ローマ教皇フランシスコが念を押した通り、[*7]「無害なディスインフォメーションなどない。嘘を信じることは深刻な結果を招きかねない」。また、オバマ元大統領は次のように考察している。[*8]「我々の民主主義が直面している最も難しい課題の一つは、共通の基準としての事実を共有し合うことだ」。今日、人々は「まったく別々の情報空間の中で活動している」。共和党の上院議員ジェフ・フレイクは、「我が国の歴史上、二〇一七年ほど、真実——客観的、経験的、証拠に基づいた真実が打ち砕かれ、罵倒された年はない。それも政府内で一番影響力のある人物によってだ」と警告するスピーチを行った。[*9]

なぜこのようなことが起きているのか。何がトランプ時代における欺瞞の根底にあるのか。真実と理性は、どうしてこれほどまでに絶滅危惧種と化してしまったのだろうか。差し迫ったそれらの消滅は、私たちの公的な議論と、政治や統治の将来について、いかなる前兆を示しているのか。それが、本書の主題である。

トランプは、[オバマ大統領の]出生地をめぐる中傷(birtherism)という原罪を政治活動の跳躍台に据えた大統領候補者だった。彼を、さまざまな条件が重なった壊滅的な事態によって選出されたブラックスワンとして捉えるのは、あまりにもたやすい。二〇〇八年の金融危機の余波に苦しみ続けてフラストレーションが溜まった有権者、ロシアによる選挙への介入とソーシャルメディアに押し寄せた親トランプのフェイクニュース、ポピュリストが非難するワシントンのエリートを象徴するような極度に好き嫌いの分かれる対立候補、リアリティショーの元スターが生み出す閲覧数とクリック数の増加に取り憑かれたメディアによる推定五〇億ドル分に当たる無償の選挙報道など。[*10]

ナルシシズム、虚言癖、無知、偏見、無作法、扇動、それに暴君的な衝動を具現化する、大袈裟で常軌を逸したアバター（さらに一日一ダースにもおよぶダイエットコーラを消費する）。[*11] もし小説家がトランプのような悪役を創作したならば、あまりに作為的でリアリティがないと責められるだろう。事実、しばしば米大統領はもっともらしい人物像というよりも、ユビュ王［アルフレッド・ジャリの戯曲に登場する悪辣な人物］、無礼なコミック犬トライアンフ、モリエールに見捨てられた登場人物を、躁状態の漫画家がミックスして描いたものに思えてくる。

しかし、トランプの滑稽な側面に気をとられるあまり、真実と法の支配に対する彼の攻撃が引き起こす途方もない悪影響を無視してはならない。トランプは、私たちのさまざまな社会制度やデジタル・コミュニケーションに存在する脆弱性を露呈させたのだ。嘘つきで、ビジネスの手法が詐欺的だと選挙活動中から既に暴露されていた候補者が、これほど一般の支持を得た。[*12] 真実を語ることに対していわば無関心な民衆が存在し、彼らが情報を得る方法や特定の主義に偏って考えるようになっていく過程に構造的な問題がなければ、想定できない現象だ。

トランプにとっては個人的なことが政治的な事柄であり、多くの点で彼は、漫画世界の変わりだねというよりも、今日の真実に害をなす広範かつ複雑な態度が、奇妙な世界で極端に神格化された人物であるかのようである。ニュースと政治がエンタテインメントと溶け合い、米国の政治は有害な分裂に襲われ、専門的知識を軽蔑するポピュリストがますますはびこっている。

こうした姿勢は、何年も前から日常生活の水面下で沸き返ってきた運動の表れだ。「真理は死んだ」という有名な絵でゴヤが描いたように、真理の女神ヴェリタスが致命的な病へと陥る環境が完全に整えられてきたのだ。

ここ数十年で、客観的実在どころか、人々が入手可能な最善の真実を確かめようと望み得るという概念自体が、支持を失っていった。「誰もが自分なりの意見を主張する資格を持つが、自分なりの事実はない」というダニエル・パトリック・モイニハンの著名な考察が、これほどふさわしい時はない。[*13] 米国の赤い州と青い州の有権者が、ある一つの同じ事実について合意することも困難なほど、分裂が極限まで進んでいるのだ。フォックス・ニュースとブライトバート・ニュースを中心とする右派ニュース・サイトの小宇宙が、共和党の支持基盤との間に働く引力を固めて以来、この風潮は続いている。そして、この動きを急激に加速させたのが、ソーシャルメディアだった。ユーザーは同じ見解を持つメンバーと接続され、先入観を強化する個人仕様のニュース・フィードが供給され、日に日に偏狭になる窓のない地下室で生きるようになる。

さらに言えば、相対主義の影響力は一九六〇年代に文化戦争の幕が開いて以降、高まりつつあった。当時それは、西洋中心的、ブルジョア的、男性支配的な思想のバイアスを暴くことに熱心な新左翼と、普遍的な真実を否定するポストモダニズムの真理を唱える学者に採用された。あるのは小さな個人的な真実、つまりその時々の文化的・社会的背景によって形成された認識に過ぎないというのだ。その後、相対主義的な主張は右派のポピュリストに乗っ取られた。進化論を否定する創造論者や気候変動否定論者は、自らの考えを科学的根拠のある理論と並べて教えるよう要求している。

相対主義は、当然の成り行きとして、トム・ウルフの「個の一〇年（Me Decade）」から自惚れたセルフィー［自撮り］時代までに勢いを増していったナルシシズムと主観主義に、完璧に同調した。羅生門効果［一つの出来事について複数の異なった見解を人々が主張し矛盾が生じる現象］——すべてのものは視点次第という考え方が、私たちの文化に浸透したのも驚くべきことではない。人気小説『運命と復讐』やテレビシリーズ『アフェア情事の行方』では、複数の現実、あてにならない語り手という仕掛けが要となっている。

これらの問題を扱いながら、私は四〇年近く読んだり書いたりしてきた。それは脱構築主義の出現まで遡り、大学キャンパスでの名作文学リストをめぐる論争、フィクションを通じて歴史を語り直すオリバー・ストーン監督の『ＪＦＫ』やキャスリン・ビグロー監督の『ゼロ・ダーク・サーティ』といった映画、クリントンとブッシュ両政権による情報公開を回避して自らの条件に沿って事実を定義しようとする試み、言語に戦争を仕掛け、異常を正常とみなそうとするトランプの取り組み、私たちが情報を処理し共有する方法に対してテクノロジーが与えた影響にまで及ぶ。私は、以下のページを通じ、書物や時事問題への自分なりの解釈を示しつつ、真実への攻撃に関する個別の事情を、何年にもわたって私たちの文化を侵食してきた広い社会的・政治的な動向の文脈の中に位置づけ、結論を導き出したい。また、私たちの現在の苦境を解明する手掛かりとなるような、先見の明がある過去の書物や文章を紹介できればと思う。

真実は民主主義の基盤である。元司法長官代行サリー・イエーツが述べたように、真実は、私たちを独裁主義から切り離す要素の一つなのだ。[*14]「政策や課題をめぐって議論することは可能だし、大いにするべきだ。しかし、そうした議論は、偏向したレトリックやでっち上げによって人々の感情や不安に直に訴えるのではなく、共有された事実に基づいていなければならない。客観的な事実が確かに存在するということだけでなく、真実を語らないことは重大である。私たちは、公務員が嘘をつくのを防ぐことはできない。しかし、嘘をついた者の責任を追及するのか、疲弊のあまり、もしくは自身の政治的な目的を守るために、目を背けて真実への無関心を常態化するのかは、私たちにかかっている」のである。

第一章　理性の衰退と没落

これはリンゴである。
あなたは誰かにこれはバナナだと言われるかもしれない。
彼らは「バナナ、バナナ、バナナ」と、繰り返し繰り返し叫ぶかもしれない。
「バ・ナ・ナ」と強調するかもしれない。
あなたまで、これはバナナなのでは？と信じかけるかもしれない。
でも違う。
これはリンゴである。[*1]

――リンゴの写真を使ったＣＮＮのコマーシャル

若きアブラハム・リンカーンは、一八三八年に文化会館で行った演説で、ある懸念を語った。[*2]独立戦争の記憶が過去へと薄れるに従い、建国者たちが残した市民権と信仰の自由を守る政府機関への軽視が、米国の自由を脅かしつつある。法の支配を維持し、「我々のなかに突如出現」するかもしれない圧制者になり得る者の台頭を阻止するためには、落ち着いた理性——「冷静で、慎重で、感情的でない理性」が必要だ。彼は観客に忠告した。「最後まで自由」であり続けるためには、理性が米国人に受け入れられなければならない。「健全な倫理観、特に憲法と法律に対する敬意」と共に。

リンカーンはよくわかっていたが、米国の建国者たちは初期の共和国を、理性や自由、進歩や宗教的寛容という、啓蒙主義の信念の上に築いた。彼らが設計した憲法の構造は、権力の抑制と均衡という合理的な仕組みに基づいていた。アレクサンダー・ハミルトンの言葉を借りるならば、「私生活が破廉恥」で「気性の荒い」人物が、ある日「人気の棒馬にまたがって」登場し、「その時代の熱狂的な信者におもねって、その馬鹿げた考えと一体化」して、政府の機能を損なう可能性に対抗するためだった。[*3]「その者は『嵐に乗り、旋風を演出』するために混乱を招く」のだ。

この制度は完璧からは程遠かったが、弾力的で重要な変化に対応できるため、二世紀以上持ちこたえてきた。リンカーン、マーティン・ルーサー・キング牧師、バラク・オバマといった指導者たちは、米国を、進行中の作業、完成への途上にある国として捉えていた。彼らは、その流れを推進しようとしたのである。キング牧師の言葉を借りるならば、「進歩とは、自動的に進むものでも必然的に生じるもの」でもなく、継続的な献身と努力を要するものであると心に留めながら。[4] それは、南北戦争や公民権運動以降成し遂げられてきたことであり、まだ作業が完了されていないことを示すとともに、米国人は「より大きな夢に見合うよう常に自分たちを変えられる」というオバマ大統領の信念や、[5] 偉大な「米国人の手に委ねられた実験」とジョージ・ワシントンが呼んだ啓蒙主義的な確信の証しでもある。[6]

輝く「丘の上のまち」〔清教徒が築こうとした理想社会〕になり得るという米国の楽観的な未来図と並行して、米国史には暗く、理性を欠いた裏面がある。それは今日あまりにも劇的な復活を遂げていて、理性が蝕まれているだけでなく、事実に基づくこと、知識の必要な議論、熟慮された政策決定が、窓の外へと投げ捨てられてしまったかのようだ。科学が攻撃されており、外交政策、国家安全保障、経済学、教育といったあらゆる種類の専門性も同様だ。

この闇物語を、フィリップ・ロスは「米国固有の狂信」と呼び、[7] 歴史家のリチャード・ホフスタッターは「the paranoid style（パラノイアの潮流）」という有名な表現で描写した。[8]「激しい誇張や疑念、陰謀的空想」に駆り立てられ、「国民や文化、生きかた」に対する思い込みの脅威に執着する人生観である。[9] ホフスタッターの一九六四年のエッセイは、バリー・ゴールドウォーターの選挙運動とそれを取り巻く右翼活動に刺激されたものだ。彼の一九六三年の著書『アメリカの反知性主義』が、ジョセフ・マッカーシー上院議員の悪名高い魔女狩りと、より広い一九五〇年代の政治的・社会的背景への応答として着想されたのと同様に。

ゴールドウォーターは大統領選挙に敗北し、マッカーシーに立ち向かった米国陸軍の弁護士ジョセフ・ウェルチの勇気ある行為を機に、マッカーシズムは燃え尽きた。「あなたにはもはや良識の感覚がないのですか」とウェルチは問うた。[*10]「良識の感覚というものが残っていないのですか」。

一九五〇年に「国務省は共産主義者とその支持者の巣窟だ」とトルーマン大統領に警告し、ワシントン中に不信の告発を浴びせるなど悪意に満ちたマッカーシーは、[*11]一九五四年に上院で懲戒された。一九五七年のソ連によるスプートニク打ち上げを機に当時の反理性主義は後退し始め、宇宙開発競争や国内の科学プログラムを格上げしようとする協調した努力への道が開かれた。

パラノイアの潮流は「まとまった波」のように発生しがちだとホフスタッターは考察している。[*12]反カトリック、反移民を掲げるノー・ナッシング党は一八五五年に最盛期を迎え、四三人もの連邦議員が堂々と忠誠を公言するほどだった。[*13]その勢力は翌年、党派ごとの内部分裂が起きてから急激に衰え始めたが、そこで体現された不寛容は、ウイルスのごとく政治制度内に潜伏し続け、再び頭をもたげる日を待つのだった。

近代の右翼について、ホフスタッターは、不満と喪失感によって動員される傾向があると主張する。「米国は彼らからほとんど取り上げられてしまった」とホフスタッターは記した。[*14]彼らは「政治的な駆け引きや意思決定への道筋が閉ざされている」と感じがちだ。

そうした不満は、ミレニアル時代の米国(および西ヨーロッパの大部分)において、労働者階級の一部の白人が自分たちが日に日に周辺に追いやられつつあると感じるような人口比および社会慣習の変化や、二〇〇八年の金融危機が拍車をかけた収入格差の拡大、製造業の職を奪い日常生活に新たな不確実性と不安感を加えるグローバリゼーションや技術革新といった要因によって、悪化していった。

トランプ、フランスのマリーヌ・ル・ペン、オランダのヘルト・ウィルダース、イタリアのマッテオ・サルヴィーニといったナショナリストで反移民のヨーロッパの右派指導者たちは、こうした不安や怒り、権利を剝奪されたという感情を煽り、解決策ではなくスケープゴートを提供する。[*15] 反移民主義と偏見に基づいた政治の台頭を懸念するリベラル派や保守派は、民主的な制度に脅威が迫っていると警告した。一九一九年に第一次世界大戦の瓦礫の中で書かれたイェイツの詩『再臨』は、二〇一六年に再び広く読まれることになった。[*16] 二〇一六年前半にニュース記事に引用された回数は、ここ三〇年間で最高だったのだ。多くの政治的思想の解説者が、詩の有名な数節を引き合いに出した。[*17]「世界は秩序を失って／混沌たる状態に陥っている」。

真実と理性に対する攻撃は、トランプ政権の発足一年目に米国で熱狂的な水準に達した。それは何年も前から右翼急進派の間で勢いづいていた。反クリントン主義者たちは九〇年代にヴィンス・フォスターの死をめぐって突拍子もない告発を捏造していた。病的に疑り深いティーパーティ派は二〇一六年の選挙期間中、ブライトバート・ニュース・ネットワークのブロガーやオルタナ右翼のトロールと手を結び、環境保護派が住宅の室内温度や購入できる自動車の色を制限しようとしているなどと主張した。[*18] トランプが共和党の推薦を勝ち取り、さらに大統領に選出されたことで、その最も極端な支持者たちの過激な考え方——人種的・宗教的な不寛容、政府に対する憎悪、陰謀論と誤報を奉じる姿勢——が本流に躍り出たのだ。

　ワシントン・ポスト紙の二〇一七年の世論調査によると、共和党支持者の四七パーセントは、トランプが一般投票を制したと誤信している。共和党支持者の六八パーセントが何百万人もの不法移民が二〇一六年に投票したと信じており、共和党支持者の半数以上が、そのような不法な投票の問題が是正されるまで二〇二〇年の大統領選挙を延期するという案に賛成している。[*19] シカゴ大学の政治学者による別の調査によれば、米国人の二五パーセントが、二〇〇八年の金融危機は小規模な銀行員の陰謀グループによって秘密裏に演出されたと信じており、一九パーセントが九・一一のテロ攻撃に米政府が関与したと考えている。電球型の蛍光灯が普及したのは人々を受動的で支配しやすくするための政府のたくらみの一環だったという、研究者がでっちあげた説でさえ、一一パーセントの米国人が信じているのだ。[*20]

　恥知らずにも［オバマ大統領の］出生地をめぐる中傷を売り込むことで政治活動を軌道に乗せ、陰謀論者のショック・ジョック［過激な発言でリスナーを煽るラジオDJ］であるアレックス・ジョーンズに好意的な発言をするトランプが統轄する政権は、一年目にして、反啓蒙主義の基本姿勢をはっきりと表した。[*21] 政策とその実行の双方において、理性主義、寛容、経験主義の価値観を拒絶したのだ。それは、知識でなく本能、思いつき、世の中の仕組みについての（しばしば妄想的な）先入観に基づいた、最高司令官の気まぐれで衝動的な意思決定方法を反映している。

　ホワイトハウスに引っ越すに当たり、トランプは内政と外交政策に対する無知を是正しようともしなかった。彼の前首席戦略官スティーブン・バノンは、[22]トランプが何かを「読むのは［信念を］強化するため」だけだと発言したことがある。[23]大統領は、頑なに二〇一六年の大統領選へのロシアの介入に関する情報を否定し、その重要性を引き下げて控えめに扱い続けていた。その種の言及は彼を怒らせ、諜報機関からの報告を中断しかねないため、大統領が目を通さないか、稀にしか読まない書面版に資料の記載を限定することもあったと、担当官たちはワシントン・ポスト紙に語った。[24]

　その代わりとして大統領は、情報をフォックス・ニュース——とりわけ彼にへつらう朝の番組『フォックス&フレンズ』から得ることを好むように見えた。ブライトバート・ニュースやナショナル・インクワイアラーといった情報源も好まれた。[25]伝えられているところでは、彼は一日八時間もテレビを見る。[26]多くの読者が、ジャージ・コジンスキーの小説『庭師　ただそこにいるだけの人』（一九七〇年）に登場するテレビ中毒の庭師チャウンシー・ガーディナーを思い起こさずにはいられなかっただろう。彼はセレブに、新星の政治家に上り詰めるのだ。また、ヴァイス・ニュースは、トランプは一日二回、「自分を賛美するツイート、自分にへつらうテレビインタビュー、自分への称賛に満ちたニュース報道、時々ただ強そうにテレビに映し出される自分の写真」を含む、おだてるような映像でいっぱいのファイルを受信していると報じた。[27]

　こうした馬鹿げた話には、単なる滑稽さだけではなく、気力を打ち挫くものがある。というのも、これは一人の妄想者がワシントンDCの大きな白いお家に住んでいるというトワイライト・ゾーン的な単純な話ではないからだ。カオスへと向かおうとするトランプの悪癖は、周囲の人間によって抑え込まれるどころか、政権全体に感染している。政策決定について、彼は「重要なのは俺だけだ」と主張し、[28] 体系化された知識に対する嫌悪から、内閣や政府機関を完全に蚊帳の外に置くか、その助言を頻繁に無視しているのだ。

皮肉なことに、このような習慣が生み出す機能障害は、トランプ支持者が抱くワシントンへの不信感を正当化することに寄与してしまう。ワシントンへの不信感は、彼らがそもそもトランプに一票を投じた主たる理由の一つだ。そうした習慣はある種の自己成就的予言［ロバート・K・マートンがもちいた用語］を生み出し、次にはシニシズムと、政治的プロセスに参加することへの嫌気を引き起こしていく。自分の意見と政府の政策との間に深い乖離があると感じる有権者は増える一方である。銃の購入に経歴審査を義務付けるといった常識的な政策は、米国人の十人のうち九人に支持されているが、連邦議会に妨害されている。ＮＲＡ［全米ライフル協会］からの寄付金に依存する議員で溢れているためだ。[29] 二〇一八年の世論調査で、米国人の八七パーセントが、幼少期に米国に到着した移民のうち一定の要件を満たす者は強制送還すべきではないと答えたにもかかわらず、彼らの救済法案は政治的駆け引きに使われるがままだ。[30] 共和党支持者の七五パーセントを含む米国人の八三パーセントが支持するネットワーク中立性の原則を、トランプの連邦通信委員会は撤廃した。[31]

理性的な討論の果たす役割の低下、常識や事実に基づく政策の果たす役割の衰退は、ドナルド・Ｊ・トランプに始まったことではない。アル・ゴアやファルハド・マンジュー［米ジャーナリスト］、スーザン・ジェイコビー［米ジャーナリスト］は、トランプがペンシルバニア・アヴェニューの一六〇〇番地に暮らすようになる一〇年近く前に先見の明のある書籍を出版し、そのような傾向を分析していた。むしろトランプは、そうした傾向の極致を象徴しているのである。ジェイコビーは、この衰退の原因として、『*The Age of American Unreason*（米国の非理性の時代）』で「エンタテインメントとしての情報への中毒症状[*32]」、衰えを知らぬ宗教原理主義の勢力、「米国の伝統的な価値観に敵対するとされるリベラリズムの解釈と知性主義を皆が同一視すること[*33]」、「基本的な技能はもちろん、その基盤にある論理を教えるのも下手な」教育制度を挙げている。[*34]

『理性の奪還』でゴアは、参加型民主主義としての米国の瀕死の状態（低い投票率、正しい情報を持たない有権者、献金に牛耳られた選挙運動、メディア操作）に加え、「広く十分に理解された反証があるにもかかわらず、政策の基盤に、嘘への頑迷で継続的な依存があること」を強調した。[*35]

ゴアの脳裏にあったのは、イラク侵攻というブッシュ政権の悲惨な決定と、国民に対する戦争のシニカルな売り込み方だった。「実際の脅威とは大きくかけ離れたイラクに対する恐怖の捏造による、米国の政治情勢の」捻じ曲げである。[*36] 九・一一で米国を攻撃しておらず、政権内のタカ派が米国人に恐怖心を与えてその保持を信じ込ませた恐ろしい大量破壊兵器を持っていなかった国によって、脅威がもたらされるというのだ。

実際、イラク戦争は、全世界に影響を及ぼす重大な決断が、理性的な政策決定プロセス、賢明な情報吟味、専門的な分析の代わりに、イデオロギー的な確信と、先入観を補強する都合の良い機密情報の選択によって下された場合に起こり得る災難についての教訓である。[*37]

当初から、ディック・チェイニー副大統領とドナルド・ラムズフェルド国防長官が指揮する政権内タカ派は、戦争を正当化する材料になる「前のめりの」機密情報を要求していた。特別計画室と呼ばれる謎の作戦本部が国防省に設置されたほどである。シーモア・M・ハーシュによるニューヨーカー誌の記事で紹介されたペンタゴン勤務の顧問によれば、その任務はラムズフェルドと国防副長官ポール・ウォルフォウィッツが真実だと信じ込んでいた事柄を裏付ける証拠を探すことだった。サダム・フセインがアルカーイダと繋がっており、イラクが生物兵器や化学兵器、ひょっとすると核兵器の大規模な備蓄を保持しているなど。

一方で、戦争の現場での計画も、専門家によるまともな忠告を無視していた。例えば、陸軍参謀総長エリック・K・シンセキは戦後のイラクが「数十万人規模の兵員」を必要とすると証言したが、彼の勧告は速やかに却下された。[*38] 戦後イラクの安全保障と再建には大規模な兵力が長期間にわたって必要だろうと警告したランド研究所と陸軍大学校の報告書も同様だった。こうした予測が、決定的な帰結として無視されたのは、イラクの人々が米軍を解放者として歓迎し、現場での抵抗は限定的だという、政権の故意に楽観的な見込みと相容れないためである。あるラムズフェルド支持者は「これはたやすい仕事だろう」と表現していた。[*39]

国家の安全を確保し法秩序を回復するのに十分な兵力を派遣しなかったこと、国務省によるイラクの未来計画をペンタゴンとの衝突を理由に脇に追いやったこと、イラク軍を解体しバース党の高官を閉め出すといったその場限りの決断、こうした回避可能だったはずの悲惨なしくじりによって、米国による占領は失敗に終わった。連合国暫定当局に配属された兵士の注目すべき表現によると「羽根を繋ぎ合わせてアヒルを期待するようなもの」だったのだ。[*40] 実際イラク戦争は、幕を開けたばかりの世紀で最も壊滅的な出来事だったと後に証明された。地域の地政学を転覆し、ＩＳＩＳを生み出し、イラクの人々や地域、そして世界に一連の苦難が続いている。

二〇一六年の選挙活動中にトランプはイラク侵攻の決定を頻繁に批判したが、彼のホワイトハウスはブッシュ政権によるあの不必要で悲劇的な戦争の遂行から何も学んでいない。[*41] それどころか、［結論から逆算した］政策決定のリバースエンジニアリングと、専門家を拒絶することで、リスクを倍増させている。

例を挙げると、「官僚国家の解体」のために闘うというスティーブン・バノンの誓いと、ホワイトハウスの「ディープ・ステート［トップに従わない国家の中の国家］」の専門家に対する疑念のために、国務省は骨抜きにされてしまった。[*42] 公務員経験のない三六歳の不動産開発業者である大統領の義理の息子ジャレッド・クシュナーが中東の担当を任され、縮小する国務省は日に日に脇へ追いやられた。トランプの就任一年目が終わる頃、数多くの重要な役職が未だに空席のままだった。理由はさまざまで、人員削減や任務の放棄、大統領の政策に対する懸念を表明した外交官の任命に消極的であること（駐韓大使という重要な役割に見られたように[*43]）、新たな管理者の下で、外交手腕や政策知識、世界各地での実経験にもはや価値を見出さなくなった機関からの国務省外交局の人材流出が挙げられる。大統領による長年の同盟や貿易協定の転覆、民主的理想への絶え間ない侵食と相まって、トランプ政権が外交を扱ううえでの軽率さのおかげで、米国のリーダーシップに対する世界の信頼はギャラップ社の調査によると、二〇一七年に三〇パーセント（中国の下で、ロシアの一つ上）という史上最低水準にまで落ち込んだ。[*44]

ある意味で、トランプのホワイトハウスが示す専門性と経験への嫌悪は、米国社会に広く浸透した態度を反映している。シリコンバレーの起業家アンドリュー・キーンは、著書『*The Cult of the Amateur*（アマチュアのカルト）』（二〇〇七年）で、インターネットが人々の最も突拍子もない想像をも超えて情報を民主化しただけでなく、真正の知識を「大衆の知恵」で置き換えていると忠告した。[*45] 事実と意見、情報に基づいた議論と空威張りの憶測、それらの間の線引きが危険なほどあやふやにされたのだ。

一〇年後、学者のトム・ニコルズは、確立された知識を故意に敵視する姿勢が右派にも左派にも登場したと『*The Death of Expertise*（専門性の終わり）』に記した。[*46]「ある事柄に関して、どの意見も他の意見と同じくらい正しい」と人々が積極的に主張している。もはや無知が流行となってしまったのである。

ニコルズは続ける。「生活に影響を及ぼす事柄について基本的なリテラシーを得る努力を市民が怠るならば、彼らが好もうと好むまいと、それはそれらの問題の制御を放棄することになる。こうした重要な決定について有権者が制御を失うことは、無知な扇動者による民主主義の乗っ取りの危険や、民主的制度から権威主義的な技術家政治［社会経済を技術者が支配すべきという考え方］へのもっと静かで緩やかな衰退を招く」のだ。[*47]

トランプ率いるホワイトハウスの、知識よりも忠誠とイデオロギー的追従を優先する傾向は、政権全体を通じて見受けられる。無資格の裁判官や政府機関のトップが、身びいきや政治的コネで任命された[*48]。もしくは、化石燃料産業や政治献金を行う裕福な企業に有利な大規模規制緩和計画の前に立ちはだかる官庁を切り崩す決意を理由に地位を得た。エネルギー省長官には、同省を廃止したいことで有名だったリック・ペリーが据えられ、再生可能エネルギー関連計画の縮小を主導した[*49]。環境保護庁長官となったスコット・プルイットは長年にわたって同庁を相手に訴訟を起こしており、環境保護を目的とした規制法の解体と延滞に直ちに着手した[*50]。

米国民は共和党の税制改革法案に反対し、現行の医療保険制度が取り上げられてしまうことを恐れたが、トランプ政権や共和党議会の目的と合致しない世論は独断的に無視された。気候変動、財政政策、国家安全保障といった特定の分野の専門家が、政権にとって不都合な質問を投げかけた場合、脇に追いやられればまだ良い方だった。例えば、議会予算局（超党派の独立した立場から法案にかかるコストの見積もりを提供するために数十年前に設立された）は、共和党提出の健康保険法案によって新たに数百万人が無保険になるだろうと勧告した。すると共和党員は議会予算局の報告書だけでなく存在そのものを攻撃し始めた[*51]。トランプの下で行政管理予算局を統括するミック・マルヴァネー局長は、議会予算局の時代は「過ぎ去った」のではないかと述べた。他の共和党員は、議会予算局の予算を大幅に削り、二三五人の従業員のうち八九人を減らすことを提案した。

さらに言えば、政策決定の通常の仕組み、分析と修正の過程は、トランプ政権によって日常的に避けられていた。これらの規範は、安定して反射的に破られた。そうした行為の多くは、ある種のリバースエンジニアリングの不合理な結果である。ホワイトハウスや共和党議会が求める結果から出発し、その根拠やセールスポイントを後から工面するのだ。これは体系的にデータを集めて評価し仮説を検証する、科学的な方法論とは正反対である。疾病予防管理センターの分析官に対し「科学に基づく」「根拠に基づく」という表現を止めるよう指示した政権が、科学的な手法を嫌悪するのは明らかだろう。[*52]『一九八四年』でオーウェルが描いたディストピアに、「科学」という言葉がなかったことが思い起こされる。「過去のすべての科学的達成の基盤である、思考の経験的方法論」が象徴するのは、何が真実かを決定するビッグブラザーの権力を脅かす、客観的実在なのだ。[*53]

パリ協定から離脱すると宣言した（シリアが署名し、米国はこの世界的合意を拒絶する唯一の国となった）のに加え、[*54]トランプ政権はオバマ大統領のクリーンパワープラン［電力事業者向けの二酸化炭素排出削減に関する政策］を放棄し、海底の油田やガスの掘削を禁じる規制を撤廃すると約束した。[*55]政府の顧問委員会から科学者が免職され、バイオ医学、環境科学、工学技術、データ分析といった分野におけるさまざまな研究プログラムへ充てる資金を削減する計画が立てられた。[*56]環境保護庁だけでも、年間予算の二三パーセントを超える二五億ドルの削減に直面していた。[*57]

トランプ政権の反科学的政策に抗議するために二〇一七年四月にワシントンで組織された「科学のための行進」は、三五ヶ国以上で四〇〇を超えるデモ行進に拡大した。[*58]参加者を駆り立てたのは、米国の仲間との連帯意識だけでなく、自身の国での科学と理性の地位をめぐる懸念だった。気候変動などのグローバルな問題について米政府が下す決定は、世界中にドミノ効果を及ぼす。合弁事業や共同研究、地球を襲う危機への国際的な解決策を講ずる運動に悪影響があるのだ。

英国の科学者は、国内の大学や研究機関、欧州の英国人留学生にブレグジットが与える影響を案じている。[*59] オーストラリアからドイツ、メキシコまで、各国の科学者が、科学、証拠、査読の価値を認めない傾向の拡大を気にかけている。ラテンアメリカとアフリカの医師は、ジカウイルスやエボラ出血熱に関するフェイクニュースが、虚偽の情報と恐怖感を広めていると心配している。

グリーンランドの人口五〇〇〇人の町カンゲルルススアークで働く雪氷学の大学院生、マイク・マクフェリンは『サイエンス』誌に語っている。[*60] 現地の住民にとって気候変動は現実的な心配の種である。氷床が溶けることで橋が一部流されてしまったのだ。「科学に対する攻撃は、喩えるならば、ヘッドライトを消して走る車のようなもの。猛スピードで運転中の人々は何が迫っているのかは見たくない。我々科学者はそのヘッドライトに当たる」。

「理性の支配」——科学、人間主義、進歩そして自由への信頼——が、いかに急速に「正反対の、恐怖と集合的感情」に取って代わられるかについて、最も痛ましい話の一つは、オーストリア人作家シュテファン・ツヴァイクによって一九四二年刊の『昨日の世界』に記された。[*61] ツヴァイクはその人生で、地球を揺るがす二つの大惨事を目の当たりにした。第一次世界大戦と、小康状態ののちのヒトラーの破壊的な台頭と第二次世界大戦への転落である。彼の回想録は、数十年の間にヨーロッパが自殺的に自らを二度も切り裂く様子の目撃証言だ。それは恐るべき「理性の敗北」と「残忍性のとんでもない勝利」の物語であり、彼は未来の世代に教訓を残すことを望んだ。

　ツヴァイクは、科学の奇跡のおかげで進歩が必然的だと思えた場所と時代に育った日々を記している。[*62] 疾病の克服、「人間の言葉が一秒間で地球を一周する伝達技術」、貧困といった深刻な問題さえ「もはや解決不能とは思えない」時代である。父親の世代を満たしていた楽観主義を彼は次のように回顧する。「国民や宗派の間の相違や境界線は、共通の人間性へと徐々に融和し、平和と安全という最高の宝物が全人類に共有されるだろうと、彼らは本気で信じていた」。一九八九年のベルリンの壁崩壊後に西側諸国に押し寄せた希望を思い出す読者がいるかもしれない。

　若い頃、ツヴァイクと友人たちは芸術や個人的な関心事についてカフェで何時間も語り合った。[*63]「最新の、最先端の、最も贅沢で変わった物を、誰よりも先に見つけることに情熱を燃やしていた」。当時、上流・中流階級は安心感に包まれていた。「家は火災や盗難に対して、畑は雹と嵐に対して、体は事故と病気に対して、保険がかけられていた」。

　人々は、ヒトラーが象徴する危険になかなか気づかなかった。[*64]「物書きの中でわざわざヒトラーの本を読んだ者は……彼の計画に注目する代わりに、大袈裟な文体と大言壮語を嘲笑した」。新聞は、ナチ運動は「あっという間に崩壊」するだろうと読者を安心させた。多くの人が、「反ユダヤ主義的な扇動者」が実際に首相になった場合、「そうした俗悪な言動は当然かなぐり捨てられるだろう」と推測していた。

不吉な前兆が積もっていた。[*65] ドイツ国境の近くでは、威嚇的な若者集団が「即座に仲間にならない者は後に代償を払うと脅迫しながら、自分たちの信条を広めていた」。さらに「和解の時代が苦心して繕った階級や人種の間に横たわる地下の割れ目や裂け目」が再び開き始め、たちまち「亀裂や深淵にまで広まってしまった」。

ナチスは序盤から完全に手の内を明かさぬよう気を配っていたとツヴァイクは記憶している。[*66]「彼らは慎重に自分たちの手法を実行した。少しずつ投薬を始め、短い休憩を挟む。一度にたった一錠ずつを与え、その力の効果を観察する」――国民と「世界の良心が、この服用量をまだ消化できるのかどうか」。

そして、人々は暮らし慣れた生活といつもの日課や習慣を諦めることに気が進まなかったために、自由がどれだけ急激に奪われているのか信じたがらなかったとツヴァイクは記している。[*67] 人々は、ドイツの新指導者が、一体何を「力任せに押し通すことができるだろうか、法が確実に根付いており、議会の過半数が彼に反対しており、厳粛に規定された憲法に自由と平等な権利が保障されていることを市民の一人ひとりが信じているこの国で？」と考えた。人々は、こんな狂気の噴出が「二〇世紀に持続するはずがない」と自分たちに言い聞かせたのである。

第二章　新たな文化戦争

客観性の終わりは「正しくあれという義務から己を解放してくれる」。
それは「ただ面白くあれとしか要求しない」[*1]

――スタンリー・フィッシュ

先見の明のある二〇〇五年の記事でデイヴィッド・フォスター・ウォレスは、紙媒体、テレビ、オンラインといったニュースサイトの増殖が「万華鏡のような情報の選択肢」を創出したと記した。[*2] 彼は、(フォックス・ニュースやラッシュ・リンボー・ショーなど多くは右派の)イデオロギー的なニュースサイトの拡散を生んだ奇妙なメディア環境の皮肉の一つは、「まさに文化的保守派が非難する相対主義、すなわち『真実』とは完全に視点と動機次第だという認識論の、何でもありの競争」を招いたことだと考察した。

二〇一六年大統領選挙の一〇年以上前に書かれたこの記述は、ポスト・トランプの文化的展望を驚くほど言い当てていた。真実とは見る人次第に、事実は代替可能で社会的に構築されたものにだんだん思えてくるのだ。私たちは、何十年も維持されてきた前提や関係性が突如として裏返しにされた、逆さまの世界へ運ばれてきたかのようにしばしば感じている。

かつて冷戦の戦士の砦だった共和党も、法と秩序の遵守という公約を掲げて出馬したトランプも、ロシアによる米国の選挙への介入の重大性から目を背けている。共和党の議員はFBIや司法省内部の秘密結社について語った。[*3] 一九六〇年代のカウンターカルチャーへの参加者の一部がそうであったように、こうした新たな共和党員は理性と科学を否定する。文化戦争の一回戦では、ニュー・レフトの大部分が古い家父長制度と帝国主義的な思想の名残だとして、啓蒙思想の理念を拒絶した。今日、そうした理性と進歩の理念は、伝統的価値観を切り崩すリベラル派の陰謀、または知識人と東海岸の人口密集地におけるエリート主義の不審な兆候として、右派から攻めたてられている。さらに言えば、政府に対するパラノイアは、ベトナム戦争を軍産複合体の責任に求めた左翼から、オルタナ右翼のトロールや共和党議員、大統領を裏切ろうと企むいわゆるディープ・ステートを非難する右翼へと、徐々に移り変わっている。

選挙期間中、トランプ陣営は自らを、反乱者、革命的勢力、周縁へ追いやられた支持者のために戦う者として提示した。その際、六〇年代の急進派の表現を陰険なかたちで使用し、奇妙に模倣していた。トランプはある集会で宣言した。[*4]「我々は裕福な献金者、大企業、メディア会社の重役との間の馴れ合いを粉砕しようとしている」。別の集会で、彼は「故障して堕落した政治的エスタブリッシュメント」を置き換えようと呼びかけた。[*5]

さらに皮肉なのは、右派ポピュリストによるポストモダン的議論の流用、その客観的実在の哲学的否認の採用だ。これらの学派は何十年間も左派およびトランプとその仲間が軽蔑する極めて名門とされる学会と結びついてきた。学者によるこうしたしばしば深遠な議論を、なぜ我々が気にしなければならないのか？　トランプが、デリダやボードリヤール、リオタールの作品を読破したことがないのは明らかだ（仮にその名前を聞いたことくらいはあったとしても）。世の中に流布している漠然としたニヒリズムのすべてが、ポストモダニズムの思想家のせいだとは到底いえない。しかし、思想家たちの理論は、俗物化された産物として大衆文化に浸み出し、大統領の擁護者に乗っ取られてしまった。彼らは、その相対主義的な主張を、大統領の嘘を弁明するために用いようと欲したのだ。右派はそれを、進化論に異議を唱えるため、気候変動の現実を否定するため、もう一つの事実を売り込むために使った。悪名高いオルタナ右翼のトロールで陰謀論者のマイク・セルノビッチでさえ、『ニューヨーカー』誌による二〇一六年のインタビューで、ポストモダニズムを引き合いに出した。[*6]「ほら、私は大学でポストモダンの理論を読んだんだ。何もかもが物語であるならば、主流な物語に対する他の物語が必要じゃないか」。彼は付け足した。「私がラカンを読むような人間には見えないだろう?」

六〇年代以降、さまざまな制度や公式見解に対する不信感が、雪だるま式に増加した。いくつかの懐疑は、必要な矯正だった。ベトナムやイラクの惨禍、ウォーターゲート事件や二〇〇八年の金融危機、小学校の歴史教育から刑事訴訟制度の不正義まであらゆるものを長年蝕んできた文化的バイアス、そうしたものに対する理性的な反応だったのだ。しかし、インターネットが可能にした情報の解放的民主化は、息を吞むような革新と起業家活動に拍車をかけただけではなかった。今日のフェイクニュースの蔓延が示すように、誤報や相対主義の連鎖を招いたのである。

学界における公式見解の失墜に中心的な役割を果たしたのは、ポストモダニズムとして広く括ることのできる思想の集まりだった。それはフーコーやデリダといったフランスの思想家(彼らの思想はドイツの哲学者ハイデッガーとニーチェに負っている)を通じて、二〇世紀後半に米国の大学へ到達した。ポストモダンの概念は、物語の伝統を覆し、ジャンルの境界や、大衆文化と高尚な芸術との境目を破壊した。それは、文学、映画、建築、音楽、絵画において解放的であり、時には革命的で、トマス・ピンチョン、デヴィッド・ボウイ、コーエン兄弟、クエンティン・タランティーノ、デイヴィッド・リンチ、ポール・トーマス・アンダーソン、フランク・ゲーリーといった芸術家の広範囲にわたる革新的な作品に繋がった。しかし、ポストモダンの理論が社会科学や歴史に応用されるようになると、あらゆる種類の哲学的含意が意識的・無意識的に表に現れ、ついには私たちの文化において不規則な動きをするようになった。

ポストモダニズムの要素や解釈には無数の変異が存在するが、非常に広く言うならば、その理論は、人間の知覚から独立して存在する客観的実在を否定し、認識が、階級、人種、ジェンダー等のプリズムによってフィルタリングされていると主張する。客観的実在が存在する可能性を否定し、真実という考えを視点や立場の概念に置き換えるポストモダニズムは、主観性の原理を尊重するのだ。言語は信頼できず、不安定なものとされ（ひとつには発された言葉と意図された意味の乖離に架橋しえないがゆえに）、人が十分に理性的で、自律的な個人としてふるまえるという概念さえ考慮されない。なぜなら、私たちはそれぞれが意識的・無意識的に特定の時代と文化によって形づくられるためだ。

コンセンサスという発想など却下。直線的な物語としての歴史の捉え方も却下。大きく普遍的な、超越的なメタ物語（meta-narrative）も却下。例えば左派の多くのポストモダニストが、啓蒙主義を、植民地主義的であるとか、歴史の覇権主義的・西欧主義的な解釈であるとしてはねつけた。植民地主義者や、理性と進歩の資本主義的な概念を奨励しようとしているというのだ。キリスト教的な贖罪の物語や、共産主義のユートピアを目指すマルクス主義の道も拒絶された。学者のクリストファー・バトラーは次のように考察した。[*7] 一部のポストモダニストにとっては、科学者の主張でさえ、「受け入れられようとしている他のすべてと競い合う、物語めいたものに過ぎない。それらは、世界と唯一合致する、確かに一致するものではなく、確実に現実に対応するものでもない。単なるフィクションの新たな一類型とされてしまう」。

ポストモダンの理念の、学術界から政治の主流への転移は、予想外の方向へと変異した文化戦争を思い起こさせる。それは一九八〇年代から九〇年代にかけての、人種、宗教、ジェンダー、学校の履修課程に関する声高な論争を指している。九・一一のテロ攻撃と二〇〇八年の金融危機がそれらの議論を周縁に追いやったと考えられており、バラク・オバマ大統領の二期目には、最も猛烈な文化戦争は落ち着きつつあるという希望があった。医療保険制度改革、気候変動に関するパリ協定、二〇〇八年の暴落以降の経済の安定、同性婚、刑事訴訟制度の不平等に取り組む努力――まだやらなければいけない必須の改革がたくさん残ってはいるものの、少なくとも国の方向性については進歩の途上にあると多くの米国人が信じていた。

二〇一五年の著書『*A War for the Soul of America*（米国の魂をめぐる戦い）』で歴史家のアンドリュー・ハートマンは、「六〇年代に動き出した文化的な変革に抵抗し」「五〇年代の規範的な米国主義に共感していた」伝統主義者たちは、八〇、九〇年代の文化戦争に負けたようだと記した。[*8] 二一世紀になり、「当時は別の国のものと思えた価値観を受容し、喜びさえする米国人は、いまや半数を超えて増え続けている。その観点からすれば、二〇世紀後半の文化戦争は適応期間として理解されるべきだ。米国は順応の一環として文化的変容をめぐって争った。文化戦争は、保守派をも含む米国人に対し、米国的な生活への変化を受認することを強いた。それはしばしば拒絶という形で現れたが、完全な受容ではないにしても、忍従への第一歩だった。

結局のところ、こうした楽観的な評価は完全に時期尚早だった。フランシス・フクヤマが一九八九年の論文『歴史の終わり』で、ソ連の共産主義の崩壊をもってリベラル民主主義が勝利し、「人類の最終的な政治形態」になると主張したのが早計であったのと同じである。[*9]「二〇一六年は、ポピュリスト勢力、ナショナリスト勢力が民主国家においてめざましく得票を伸ばす一方、世界の自由度の低下は連続一一年目を記録した」とフリーダム・ハウスの報告書は結論づけている。[*10]二〇一七年にフクヤマは、「諸制度の緩やかな衰退」とトランプ大統領の下での民主主義の規範を心配していると話した。[*11]二五年前、彼は「民主国家が後退し得るという感覚も理論もない」と言っていたが、今は「それが当然あり得る」と気づいたのだ。

文化戦争は、たちまち全速力で再来した。ティーパーティ、［オバマ大統領の］出生地陰謀論者、右翼の福音主義者、白人至上主義者といった共和党支持基盤の硬派集団は、オバマ大統領とその政策に反対して結集していた。候補者および大統領としてトランプは、支持基盤を活気づけ、自らの政策不備と数多くのスキャンダルから注意を逸らすために、こうした社会的・政治的分裂に油を注いだ。[*12]彼は、世界の変化を案ずる労働者階級の白人の不安に訴え、その怒りの矛先に移民、黒人、女性、ムスリムといった自らが選択したスケープゴートを提供することで米国社会の党派的分裂を悪用した。ロシアのトロールたちが同じ頃、トランプが選出されるよう働きかけながら、米国の民主主義の制度に対する信頼を切り崩そうとし、偽のソーシャルメディア・アカウントを利用して米国人の間の不和を拡大しようとしていたことは偶然ではない。[*13] 例えば、あるロシアのトロールは、「テキサスの精神」というフェイスブックの詐欺アカウントを通じて二〇一六年五月に「テキサスのイスラム化を止めよ」という抗議集会を組織し、「ユナイテッド・ムスリムズ・オブ・アメリカ」という別の偽フェイスブック・アカウントを使って、同じ時間と場所に対抗集会を組織した。

トランプによる恐怖と分断の政治に対する最も雄弁な批判者の中には、スティーヴ・シュミット、ニコール・ウォレス、ジョー・スカーボロー、ジェニファー・ルービン、マックス・ブート、デイヴィッド・フラム、ビル・クリストル、マイケル・ガーソン、そして共和党の上院議員ジョン・マケインやジェフ・フレイクといった保守派も数えられる。しかしながら共和党のほとんどはトランプの後ろについた。彼の嘘、専門性への嫌悪、米国建国の基盤となった理想の多くに対する軽蔑を正当化しながら。そうしたトランプ支持者にとっては、道徳、安全保障、財政的責任、良識、社会常識を超えて、党がすべてに勝つのである。ポルノ女優ストーミー・ダニエルズとのトランプの不倫疑惑が報道されると、福音主義者が彼の弁護に回った。[*14] ジェリー・ファルウェル・ジュニアは「それらの事柄はすべて何年も前のことだ」と言い、家族調査評議会の会長トニー・パーキンスは、自分も支持者たちも個人的な行いについてトランプを赦すと話した。[*15]

八〇、九〇年代の文化戦争の第一波における保守派の立ち位置を考慮すれば、皮肉な展開であった。当時、いわゆる理性の衰退と西欧的価値観の否定に対抗し、伝統や専門性、法の支配の守護者として自らを売り込んだのは保守派だったのだ。一九八七年の『アメリカン・マインドの終焉』で政治哲学の教授アラン・ブルームは相対主義に憤慨し、六〇年代のキャンパスでの抗議行動を「献身が科学より、情熱が理性より重大なものだと考えられている」として非難した。[*16] 学者のガートルード・ヒメルファーブは、歴史の記し方や教え方がポストモダニストの新たな世代によって政治化されていると警告した。彼女は、ジェンダーや人種といった変わりやすいレンズを通じて過去を見ることで、ポストモダニストはすべての真実が他の要素次第であるというにとどまらず、「真実の追究が無益であるどころか有害だと」ほのめかしていると主張した。[*17]

一部の批判者は不当にも、多文化主義の多元的な欲求を、歴史を公平に教えたり（記したり）する可能性そのものを嘲る急進的なポストモダニストの主張とひとまとめにしていた。前者は、かつて狭かった歴史の門を女性、黒人、先住民、移民などそれまで主流から外されていた視点に開放することで、米国の例外主義と西欧の勝利主義に対する極めて重要な対抗策を提供している。ジョイス・アップルビー、リン・ハント、マーガレット・ジェイコブが辛辣で良識に溢れた書『*Telling the Truth About History*（歴史について真実を語る）』を通じて主張したように、多文化主義は、多くの歴史的記述の不完全さに注意を喚起し、より包括的・唱和的な可能性を提示したのだ。[*18] しかし、彼らは同時に、理論を突き詰めると、危険な還元主義的な信念に繋がりかねないとも警告している。「過去の認識とは、特定の目的を意図したイデオロギー的な構築物であるだけに、歴史とは集団のアイデンティティを確立したり、強化する一連の神話に過ぎないというのだ」。

科学もまた、過激なポストモダニストの襲撃を受けた。科学理論は社会的に構築されたものだと彼らは主張した。科学理論は、それを仮定する人物のアイデンティティや、その人間を形成した文化的な価値観によって特徴づけられており、中立的・普遍的な真実であるとは断言できないというのだ。

「ポストモダン的な考え方は、原爆投下後、冷戦中に発展した科学へのアンビバレントな感情によく合致した」とショーン・オットーは『*The War on Science*（科学に対する戦争）』に書いている。[*19] 大学の人文科学における左派の学者の間で、と彼は続けた。「科学は、タカ派の、商業的で右翼的な権力構造の領域のものとして見られるようになった。環境を汚染し、思いやりがなく、貪欲で、機械的、性差別的、人種差別的、帝国主義的で、同性愛を嫌悪し、威圧的、非寛容的であるものとして。それは、私たちの魂と身体、および母なる地球の精神的・総体的な健全さにほとんど気を配らない冷酷なイデオロギーだ」。

言うまでもなく、研究者の文化的背景が真の科学的事実に影響を及ぼすと主張するのは馬鹿げている。オットーが簡潔に表現したように、「大気圏中の二酸化炭素は、計測する科学者がソマリア人女性であろうが、アルゼンチン人男性であろうが同じ」なのだ。[*20] しかし、こうしたポストモダン的な論理は、圧倒的多数の科学者が同意した見解の受け入れを拒む今日の気候変動否定論者や反ワクチン主義者に道を開いた。

他の多くの問題と同様に、オーウェルはこうした考え方の危険性に何十年も前から気づいていた。一九四三年のエッセイに彼はこう記した。[*21]「我々の時代が特殊なのは、歴史を正しく記すことが**できる**という発想の放棄である。過去、人々は故意に嘘をついたり、無意識に描写を脚色したり、数々の誤りが生じることを承知で、真実の追究に苦労したりしたが、いずれの場合も、『事実』とは存在し、多かれ少なかれ発見可能だと信じていた」。

彼は続ける。「この合意の共通基盤と、それに続く人間は皆同種の動物であるという意味合いこそが、まさに全体主義が破壊する対象である。実際、ナチスの思想は明確に、『真実』の存在というものを否定する。例えば、『科学』というものはない。『ドイツ人の科学』『ユダヤ人の科学』……といったものしかないのだ」。オーウェルは次のように書いた。真実がこれほどまでに断片化し、相対的なのであれば、ある「指導者や支配派閥」が何を信じるべきかを指示する道が開かれる。「何々の出来事について指導者が『そんなことは起きていない』と述べてしまえば、なかったことになる」。

明らかに信用できない説の信憑性を高めようとする――あるいは、ホロコースト修正主義者たちの場合に及んでは歴史を数章分も塗り潰そうとする――人々が、すべての真実にバイアスがかかっているというポストモダン的な主張を転用するようになった。脱構築主義的な歴史観は「確立された真実が世代を超えて伝達される形を急激に変える可能性」をはらむと、学者のデボラ・E・リップシュタットは『*Denying the Holocaust*（ホロコーストの否定）』で考察した。[*22] そしてそれは、「どんな事実も、どんな出来事も、歴史のどんな側面も、確固たる意味や内容を持たない。いかなる真実も書き換えられる。究極的な歴史的リアリティなど存在しない」という知的環境を助長しかねないのである。

ポストモダニズムはすべてのメタ物語を否定しただけではなく、言語の不安定さも強調した。ポストモダニズム創設の父の一人、ジャック・デリダが七〇年代から八〇年代にかけて米国の大学キャンパスで有名人扱いされるようになったのは、ポール・ド・マンとJ・ヒリス・ミラーといった弟子に負うところが大きい。彼は自らが先導したテクスト分析の手法を指して「脱構築」という言葉を使った。これは文学のみならず、歴史、建築そして社会科学にも応用されることになった。

脱構築主義は、すべてのテクストが不安定で還元不可能なまでに複雑であり、読者や観察者によってますます可変の意味が付与されると仮定した。あるテクストについて生じ得る矛盾や多義性に焦点を絞る（そうした主張をわざと込み入った、勿体ぶった文体で表現する）ことで、極端な相対主義を広めた。それが意味することは究極に虚無的だった。何だって、どんな意味でもあり得るのだ。作者の意図は重要ではないし、そもそも識別できない。明白な、あるいは常識的な解釈などない。なぜならすべてが無限の意味合いを持つからだ。つまり、真実というものなど存在しないのだ。

デイヴィッド・リーマンが先見の明のある書『*Signs of the Times*（時代の印）』に詳しく書いたように、脱構築主義の批判者が感づいていた最悪の疑念が確認されたのは、一九八七年にポール・ド・マンのスキャンダルが勃発し、弁護不可能な事柄を擁護するために脱構築主義の論理が持ち出されたときだった。[*23]

イェール大学教授で脱構築主義の看板スターの一人であったド・マンは、学会の仲間内でカルト的と呼べるほどの賛同者を獲得していた。学生も同僚も彼を、優秀でカリスマ的な、感じの良い学者だと表現した。ド・マンはナチス下のヨーロッパを脱出しており、ベルギーのレジスタンスの一員だったとほのめかしていた。しかし、エヴェリン・バリッシュによる伝記『*The Double Life of Paul De Man*（ポール・ド・マンの二重生活）』が露わにしたのは、まったく違う人物像だった[24]。自責の念のない詐欺師——日和見主義者で、重婚者で、病的なナルシシストで、ベルギーでは詐欺、贋造、書類偽造で有罪判決を受けていた[25]。

最も衝撃的な情報は、彼の死から四年経った一九八七年に明らかになった[26]。第二次世界大戦中、ベルギーの親ナチス媒体『ル・ソワール』に、ド・マンが少なくとも一〇〇本の記事を寄稿していたことを、ベルギーの若手研究者が発見したのだ。それは悪意に満ちた反ユダヤ主義を支持していた媒体で、ある社説では「我々は、断固として彼らとの異種交配を禁じ、思想、文学、芸術の領域において、彼らの退廃した影響から自らを精神的に解放する」と宣言していた[27]。『ル・ソワール』に掲載された最も悪名高い記事において、ド・マンは「ユダヤ人作家は常に二流にとどまっており」そのため現代ヨーロッパ文明の発展に対して「重要な影響」を及ぼすことができていないのだと主張した[28]。「このことから明らかな通り」と彼は書いた。「ユダヤ問題への解決策がヨーロッパから孤立したユダヤ人植民地の設立に繋がったとしても、西欧の文学生活にとって残念な結果は引き起こさない。価値の劣る人物を幾らか失う程度で、過去と同じように、進化という高次の法則に従って発展を続けるだろう」。

ド・マンの憂慮すべき裏切りの著作に関する知らせが学術界を駆けめぐる中、学者の中にはその恥ずべき秘密の過去が、脱構築主義をめぐる彼の理論に貢献したのではないかと考える者もいた。例えば、ド・マンは「作家の実際上・史実上の生活を考慮するのは時間の無駄だ」と主張していた。[*29]

さらに恐ろしいのは、デリダをはじめとしたド・マンの擁護者の一部による、脱構築主義の原理を利用してド・マンの反ユダヤ主義的な著作を弁明しようとする動きだった。[*30] 彼らは、ド・マンの言葉は表向きの意味を裏返している、あるいは倫理的責任を帰するには彼の言葉はあまりにも多義性を内包していると示唆した。

リーマンに引用された、あるド・マンの称賛者は、ド・マンのユダヤ人作家についての発言は「皮肉」が不発に終わった事例だという主張を試みた。[*31] 論文の語調は「ユダヤ人に触れた部分を通して私心のない嘲りであり、からかいの対象がユダヤ人ではなく反ユダヤ主義者であることは明らかだ」。すなわち、ド・マンは『ル・ソワール』のコラムで明確に述べたことと、真逆の内容を意図していたというのだ。

脱構築主義者は難解な表現が満載の文章と曲芸的にひねくれた構文を使うことを好み、使われる用語の中には「テクストの不確定性」「知のもう一つの方法」、言葉における「言語的不安定性」などがあるが、それは勿体ぶった形とはいえ、トランプの側近が近年、彼の嘘、豹変、不誠実な約束について言い訳する際の文言と似たものがある。例えば、トランプの代理人は日本の安倍晋三首相の補佐官に「トランプ氏の公の発言を逐語的に受け止める必要」はないと話した。[*32] 選挙運動の元責任者コーリー・レワンドウスキーはメディアの抱える問題に関連して、「君たちはドナルド・トランプが言ったことをあまりにも文字通りに受け取った。米国民はそうはしなかったのさ」と力説した。[*33]

第三章

「わたし」主義と主観性の隆盛

我々の主観は、あまりにも完全に自分自身のものである。[*1]

――スパイク・ジョーンズ

学術界によるポストモダニズムの支持と並行し、七〇年代にはクリストファー・ラッシュが「ナルシシズムの文化」と呼び、トム・ウルフが「Me Decade（個の一〇年）」という覚えやすい名称をつけた潮流が花開いた。自己陶酔、自己満足、注目への渇望といったことの大きな拡がりを、二人の著者はまったく別の原因に求めている。

ラッシュはナルシシズムを社会的変化と不安定さに対する防御的な反応として捉えた。敵対的で脅威に満ちた世界から自己を守るのだ。一九七九年の著作『ナルシシズムの時代』を通じて彼は、シニカルな「自衛本能と精神的自己保存の倫理」が米国を苦しめていると主張した。[*2] ベトナム戦争の敗北、拡大し続ける悲観主義的雰囲気、有名人と名声に熱中するマスメディア文化、文化の伝達において家族が果たしていた役割を縮小させる分権主義的な力と闘っている国の症状である。

この自己陶酔の時代を日に日に象徴するようになったナルシシスト的な病者は、「強烈な怒りの感情」「内面の空虚感」「全能的な妄想および他者を搾取する権利に対する強い確信」を経験するとラッシュは記した。[*3] そのような病者は「無秩序で衝動に突き動かされ」「感嘆されることに貪欲だが、賞賛を提供するように自分が操作した人々を軽蔑的に扱い」「社会的規範には、責任感のためというより罰則を避けるために」従う傾向が強い。

ラッシュと比べ、トム・ウルフは七〇年代における「Me...Me...Me...（私、私、私）」の爆発を、より幸福な、快楽主義的な展開として理解した。[*4] 輝かしい自己の「改革、改造、昇華、自分磨き」という虚栄的な行動を追求する余暇と可処分所得は、かつて貴族の特権だった。だが戦後の経済成長が原動力となり、それが労働者や中流階級に与えられた階級解放の動きだというのだ。

二一世紀に入ると経済状況はかなり悪化したものの、ウルフとラッシュによって描かれた自己陶酔は、七〇年代の「Me Decade（個の一〇年）」からキム［カーダシアン］とカニエ［ウエスト］の「セルフィー」時代に至るまで、西欧の生活の特徴であり続けてきた。コロンビア・ロースクール教授ティム・ウーはそれを「着飾った自己」と「自身をスペクタクルとして他者の注意を引こうとする」衝動と評している。[*5] その支配に、ソーシャルメディアが拍車をかけることになった。

こうした主観性への信奉によって、客観的真実の地位が低下した。知識より意見、事実より感情を賛美する傾向は、トランプの台頭を反映し、助長している。

三つの例を挙げよう。一つめ／資産を大幅に誇張していると告発されてきたトランプは二〇〇七年に法廷向けの証言録取書で純資産について聞かれた。他の要素に左右される、と彼は答えた。[*6]「私の純資産は変動する。市場次第で上下するし、人の心構えや気分、それに私の気分にもかかっている」。彼は付け足した。「質問が投げかけられたときの［自身の］全般的な気持ちの持ち方」によってさまざまだと。

二つめ／米大統領選にロシアが介入したのかウラジーミル・プーチンに尋ねたかと問われ、トランプは返した。[*7]「私は、プーチンが彼自身もロシアも選挙に介入しなかったと感じていると思う」。

三つめ／二〇一六年の共和党大会でＣＮＮのキャスター、アリサイン・キャメロタがニュート・ギングリッチに対し、移民排斥主義的な法と秩序を強調したトランプによる敵意のこもったスピーチについてインタビューを行った。米国が暴力と犯罪に悩まされているという描写が不正確だという指摘に、元下院議長は激しく反論した。「あなたの見方は分かる」とギングリッチは言った。[*8]「リベラルたちは完備された統計値を手にしている。それは理論的には正しいかもしれないが、人間の感覚と合わないというのが今の印象だ。人々は怯えているのだ。彼らは自分の政府に置き去りにされたと感じている」。

犯罪統計はリベラルからの数字ではなく、ＦＢＩから得られたものだとキャメロタは述べた。次のやりとりが続いた。

ギングリッチ「確かに。でも私が言ったことも同じく正しい。人々は実感しているのだ」
キャメロタ「そのように感じていたとしても、事実によって裏付けられていない」
ギングリッチ「政治における候補者として、私は人々が感じていることに同調する。あなたは理論家たちに同意すればいい」

近視眼的に娯楽に没頭し、しばしば市民としての義務を放棄する米国人の傾向は、何も新しいものではない。アレクシ・ド・トクヴィルの『アメリカのデモクラシー』は、人々がフェイスブックやインスタグラムに自撮り写真を載せ、インターネットが私たちを同じ考え方の者同士が集まる地下室に仕分けするようになる一世紀半以上前に書かれた。彼はそこで「私生活での娯楽にふける」ために「境遇、気質、慣習が似ていることで結束したプライベートの小さな社交界」に引きこもる米国人の癖に着目していた。[*9] こうした自己陶酔が、広義の共同体に対する義務感を縮小し、国家の支配者による緩やかな専制政治を許すのではないかと彼は案じた。圧制というわけではないが、「政府を羊飼いとする、臆病で勤勉な動物の群れに弱体化する」時点まで、「人々を圧迫し、気力を奪い、希望を消し、意識を鈍らせる」権力である。これは物質主義的な社会における一つの損失かもしれない、と彼は予見した。人々が「人生を満たす、ささいでつまらない享楽」を手に入れることに集中するあまり、市民としての義務を放棄してしまう。「自治の習慣を完全に手放したうえで、自らを統治する者を適切に選ぶことができる」とは想像しにくい、と彼は記した。

二〇世紀半ば、自己実現の追求が、カウンターカルチャーと支配層の両方に出現した。六〇〜七〇年代に意識の拡張を意図したヒッピーやニューエイジ探究者を引き寄せたエサレン、EST、集団感受性訓練グループ以前に、影響力の強い人物が二人いた。彼らの自己実現の教えは、より物質主義的で、政治家や郊外のロータリークラブ会員に魅力的だったのだ。一九五二年に自己啓発本のベストセラー『積極的考え方の力』を書いたノーマン・ヴィンセント・ピールは、繁栄の絶対的真理をふれ歩く様子から「神のセールスマン」として知られていた。[*10] トランプの父親フレッドは彼を評価しており、息子はこの著名な牧師の自己実現と独自の現実を創出する意思の力に関する教養を吸収するようになった。「我々が直面する事実がどれほど困難だとしても、絶望的に思えたとしても、それに対する我々の姿勢の方が重要である」とピールは書いた。[11] 成功の教義と同時に否認の教義をも奨励するかのようである。「自信に満ちた、楽観的な思考パターンは、事実そのものを修正、克服できる」。

アイン・ランドもトランプに支持されている[12]（『水源』は過去に彼が好きな小説として挙げた数少ない本の一つである）。取引に基づいた世界観、成功と美徳の同一視、自由な資本主義への誇らしげな信奉によって、彼女は数世代にわたる政治家（ポール・ライアン、ランド・ポール、ロン・ポール、クラレンス・トーマスを含む）から忠誠を勝ち得た。[13] 利己主義が道徳的義務であり、人間の「最高の道義的目的」は「自己の幸福の追求」であるといった主張は、トランプ自身のゼロサムゲーム的な世界観、無制限のナルシシズムと間違いなく共鳴している。[14]

欧米諸国が六〇～七〇年代の文化的激動の時代とその余波のうちによろめく間、芸術家たちはこの断片化していく現実を描写しようともがいていた。ジョン・バース、ドナルド・バーセルミ、ウィリアム・ギャスのように、伝統的な物語よりも形式や言語を強調する、自己意識的なポストモダニズム小説を創作した作家もいた。他には、ミニマリズムの手法を用い、レイモンド・カーヴァーの強固な簡潔さと張り合うような、焦点を絞って切り詰めた話を書く者もいた。そして、学問において幅広い真実の追求がますます時流から外れ、日常生活が一層不安定になるに従い、一部の作家は、最も小さく、個人的な真実に集中することを選択した。自分自身について書いたのである。

米国の現実はあまりにも当惑させられるものとなっており、フィリップ・ロスは一九六一年（！）のエッセイで「自身の貧弱な想像力にとって一種の気後れ」を感じると記したほどだった。[*15] ロスは、その結果「フィクションの書き手は、我々の時代の壮大な社会的・政治的現象からは自発的に後退し」、自分の場合はより理解し易い自己の世界に引きこもることになったと書いた。

物議を醸した一九八九年のエッセイで、トム・ウルフはこうした展開を嘆き、彼が捉えるところのアメリカ小説における古風なリアリズムの消滅を残念がった。[*16] 彼は小説家たちに「この野蛮で、風変わりな、予測できない、異様で奇妙な国へ乗り込んで、それを文学的財産として取り返せ」と促した。ウルフは記者としての技術を用い、バルザック並みにさまざまなサブカルチャーに詳細な肉付けをして、『虚栄の篝火』や『成りあがり者』といった小説でこれを自ら試みている。だが、ウルフは七〇年代にニュー・ジャーナリズム（記者の意見と視点を新たに強調した）の推進者として影響力を及ぼしたものの、この新たなマニフェストは文学界で多くの転向者を得ることはできなかった。代わりに、ルイーズ・エルドリッチ、デイヴィッド・ミッチェル、ドン・デリーロ、ジュリアン・バーンズ、チャック・パラニューク、ギリアン・フリン、ローレン・グロフといった多様な作家が、何十年も前にフォークナー、ウルフ、フォード・マドックス・フォード、ナボコフなどの革新者が開発した装置（多重視点、信頼できない語り手、絡み合った物語展開といった）を実験的に用いて、この新たな羅生門的な現実を捉えようと試みた。それは主観性が支配し、ビル・クリントン元大統領の不名誉な表現によれば、真実は「『is』という言葉の意味による」という現実である。[*17]

しかし多くの作家にとっては、ロスが「自己の事実そのもの、不可侵で強力な逞しい自己の理想像、非現実的な環境における唯一の現実物としての自己」と呼んだ領域の方が、心地良くあり続けた。[*18]事実、ミレニアムの変わり目には注目すべき回想録の全盛期が訪れ、メアリー・カーの『うそつきくらぶ』やデイヴ・エガーズの『*A Heartbreaking Work of Staggering Genius*（信じがたいほどの才能による心を痛ませる作品）』といった傑作が、著者を世代の代弁者として確立した。

回想録のブームとミレニアムの変わり目におけるブログの人気は、やがて作者自身の日常生活から得られた綿密なディテールが溢れるカール・オーヴ・ナウスガードの全六巻の自伝小説という形で最高潮に達した。だが、それまでにも他の作者によって、個人的な日記や、ソーシャルメディアの個人アカウントに限定した方がよかったと思える自己満足的で芝居掛かった夥しい数の作品が発表されていた。[*19]この自己陶酔の背理法が、ジェイムズ・フレイのベストセラー『こなごなに壊れて』である。回想録として売り込まれていたが、二〇〇六年一月にスモーキング・ガンのウェブサイトは、「犯罪歴や服役歴、『三州で指名手配中』の無法者だという本人の主張について、まったくの作り話か、激しく脚色された」ものを含むと報じた。フレイは現実の自分よりもずっと悪名高い人物として自己脚色したものとみられる（おそらくは、続く「救済」が典型的な復活劇として引き立つように）。フレイは後に、スモーキング・ガンのサイトが報道した内容の「ほとんどは」「かなり正確だった」と認めた。[*20]いんちきな商品を掴まされたと憤る一部の読者にとって、フレイの本は人の信頼につけ込む詐欺だった。それは、誠実、真正性、正直さといった回想録が具現化するべき特徴そのものを踏みにじっている。しかし、残りの読者は事実と虚構の違いを受け流した。彼らの反応は、真実をめぐる曖昧な線引きに人々がいかに慣れてしまったのかを示す兆候だった。

大学キャンパスでも個人的な証言が流行りだした。客観的真実という概念が支持を失い、伝統的な研究によって収集された経験的証拠に疑いの眼差しが向けられるようになったのだ。学界の執筆者は、自身の「立ち位置」に関する断り書きから学術論文を始めるようになった。人種、宗教、ジェンダー、背景、個人的経験が、分析に貢献したり、それを歪曲したり、裏付けたりするかもしれない。一九九四年、アダム・ベグレーは『リングワ・フランカ』誌で、新しい「わたし批評」の提案者の中には、本格的な学問的自伝を書く者も現れたと記した。[*21] 彼によれば自伝的傾向は六〇年代にまで遡って初期のフェミニスト意識向上グループから始まり、しばしば「多文化主義と連携して拡大した。マイノリティとしての経験はたいてい一人称単数視点で語られる。ゲイ研究や性的マイノリティの理論についても同様だ」。

一九九六年の著書『*Dedication to Hunger: The Anorexic Aesthetic in Modern Culture*（空腹への献身――現代文化における拒食症の美学）』で学者のレスリー・ヘイウッドは、自身の人生における出来事（例えば自身の拒食症や既婚者との屈辱的な交際）を題材に、拒食症とモダニズムとの関連性を示した。[*22] この手法は、T・S・エリオットの『荒地』といった偉大な傑作を、反女性・反肥満の美学におけるケーススタディとして矮小化する結果となった。

個人的な物語や動機は、伝記にも登場し始めた。[*23] もはや伝記は他者の人生の純粋な記録ではなくなったのである。代わりに、哲学的な宣言（ノーマン・メイラーの『*Portrait of Picasso as a Young Man*（若者としてのピカソの肖像）』）や、フェミニスト論争（フランシーヌ・デュ・プレシックス・グレイによるフロベールの愛人ルイーズ・コレの描写『*Rage and Fire*（怒りと炎）』）や、脱構築主義の実習（S・ペイジュ・バティの『*American Monroe: The Making of a Body Politic*（アメリカン・モンロー——政体の製造）』）の場と化した。

おそらく最も非常識な伝記的叙述の事例は『*Dutch: A Memoir of Ronald Reagan*（ダッチ——ロナルド・レーガンの回想録）』だろう。レーガンの公式伝記作家エドモンド・モリスによって一九九九年に書かれた本書は、困惑を招くような、事実と空想のいかがわしい混合物だった。モリス本人より二八歳年上で、若い頃に溺れかけたとき未来の大統領レーガンに助けられたという架空の語り手が主人公なのだ。モリスは、現職の大統領と面会でき、個人的な資料を見ることができるという特別な権利を、第四〇代米国大統領の詳しい人物像を描くため（またイラン・コントラ事件、冷戦終結といった重要な問題に取り組むため）には使わなかった。代わりに彼は、空想の語り手による、その虚構の家族による、虚構もしくは一部虚構の夢と希望に関する、安っぽい記述を読者に提供した。モリスの説明によると、彼がこうした手法を選んだのは、取材対象について自分が「何一つ理解」していないと気づいたことと（伝記作家としての最も基本的な義務の放棄である）、自身の芸術家としての野心が理由だった。[*24]「ロナルド・レーガンから文学を紡ぎたい」と彼は宣言した。また、架空の語り手を用いた点を「伝記の誠実さにおける進歩」だと表現した。あらゆる著述が主観的要素を含むことを読者に思い出させるというのだ。

これは、ジャネット・マルカムが『シルヴィア・プラス　沈黙の女』で示唆した身勝手な理屈と共鳴する論理である。シルヴィア・プラスとテッド・ヒューズに関する本書（一九九四年）は非常に偏っていた。すべての伝記作家が、著者マルカム自身の公平性と客観性に対する軽蔑を共有しているという腹黒い考えにより、彼女は自らの本で題材を注意深く分析する努力をしなかった。マルカムはその代わりに、ヒューズへの長いファンレターのようなものを書き、彼の文学的才能、身体的魅力、「抑えられない正直さ」を激賞した。自分の「ヒューズへの愛情」と、彼の手紙を読みながら「タイプを打つ一体感が手紙の主に対する強烈な共感と好意へと膨らんだ」様子について、彼女は綴っている。[*25]

すべての真実が不完全（および個人の視点の結果）だというポストモダニズムの主張は、ある出来事を理解したり表象したりするうえで数多くの正当な方法があるという、関連する議論に繋がった。それは、より平等主義的な議論を促し、過去に権利を剥奪されていた者たちの声が聞こえるようにもなった。しかし同時に、侮蔑的な、または反証済みの理論の擁護に、そして同等に扱うことができないものを同等に扱おうとする者たちによって悪用されてきた。例えば万物創造説の推進者は学校で進化論と並行して「インテリジェント・デザイン〔知性ある何かによって世界が設計されたとする考え方〕」を教えるよう求めた。[*26]ある者は「両方とも教えるべきだ」と言い、他の者は「論争について教えよ」と主張した。[*27]

この「双方とも」という論理の変種がトランプ大統領によって利用され、南軍の銅像の撤去に対して抗議するためにバージニア州シャーロッツビルに集結したネオナチと、白人優位主義に反対するデモ隊が同一視された。「どちら側にも、とても立派な人々」がいる、とトランプは宣言した。彼はまた、「数々の側、数多くの側にある、嫌悪、偏狭、暴力の目に余る呈示を、可能な限り最も強い言葉で非難する」と述べた。[*28]

気候変動否定論者、反ワクチン主義者などの科学的な裏付けを得ていない勢力は、「数々の側」「異なる視点」「不確実性」「知の複数の形」といった、脱構築主義に関する大学講義でも場違いではないような表現をふれ回っている。二〇一〇年の著作『世界を騙しつづける科学者たち』でナオミ・オレスケスとエリック・M・コンウェイが示した通り、右翼のシンクタンク、化石燃料業界、科学（気候変動の現実、アスベストの危険、受動喫煙、酸性雨）をはねつけることに専念するその他の企業利益は、喫煙の危険性について公衆を混乱させるためにタバコ業界によって使われた策略を応用してきた。[*29] 一九六九年にタバコ業界幹部によって書かれた悪名高いメモには「疑念こそが我々の商品だ」とあった。[*30]「なぜならそれが、一般市民の頭の中に存在する『事実の塊』と張り合う最善の方法だからだ」。

その方策とはつまり次のようなものである。[*31] 一握りのいわゆる専門家をかき集め、確立された科学に対して異議を唱えるか、もっと研究が必要だと主張させる。こうした虚偽の議論を論点に仕立て上げ、幾度となく繰り返し、対峙する真正な科学者の評判を攻撃する。これに聞き覚えがあると思ったならば、それはトランプと彼を支持する共和党員によって、専門家の評価や世論調査と対立する政策（銃規制から国境壁の建設まで多岐にわたる）の擁護に使われてきた手段だからだ。
オレスケスとコンウェイが「タバコ戦略」と呼ぶこの方針は、「少数派の意見に、受けるに値する以上の信用を与え」がちな主流メディア内部の原理によって助長された、と彼らは主張している。[*32] この誤った等価性は、真実の伝達とバランス、正確さと意図的な中立性を混同し、「両方の側」を呈示せよという右翼の利益団体による圧力に屈するジャーナリストたちの結末だった。[*33] テレビニュース番組の構成は、一方が圧倒的なコンセンサスを代表し、もう片方が科学界からほぼ完全に外れているにもかかわらず、対峙する立場の間のディベートを売り物にしていた。[*34] 例えば、二〇一一年のBBCトラストの報告書によると、放送網における科学報道は人為的な気候変動の議題で「周縁的な意見に不当な注意」を払った。テレグラフ紙の見出しによれば、「BBCのスタッフ、科学番組に似非（えせ）科学者を招待するのをやめるよう告げられた」というわけだ。[*35]
二〇一六年大統領選におけるマスコミ報道という文脈で、クリスティアン・アマンプールはこの問題について、報道の自由をめぐるスピーチを通じて次のように語った。[*36]
「海外にいた私は、周りで見ていた多くの人々と同じく衝撃を受けたというほかありません。一人の候補者には非常に高い障害物が課され、もう一人の候補者には非常に低い障害物が課されていました。大部分のメディアが、バランス、客観性、中立性、そして最も重要な『真実』を識別しようとして、混乱に陥っていたようにみえました。
古いパラダイムを続けていくことはできません。例えば気候変動においては、九九・九パーセントの経験的、科学的証拠があるところで、とても小さな少数の否定派に同程度の注目が与えられています。

私は以前、ボスニアにおける民族浄化とジェノサイドを報道した際に学びました。被害者と攻撃者を決して同等に扱わない。虚偽の道徳的な、または事実上の同等性を作り上げない。なぜなら、それをしたら最も言語に絶する犯罪と結果の共犯者になってしまうからです。

私は、中立的であるのではなく、真実を伝えるべきだと信じています。そして、私たちが真実の陳腐化を止めなければならないと確信しています」。

第四章　現実の消滅

私はリアリティ・テープに工作したいのだろうか？
もしそうであれば、なぜ？
なぜなら、と彼は考えた。それを操作すれば現実を制御できるからだ。[*1]

――フィリップ・K・ディック『電気蟻』

新しいミレニアムの二度目の一〇年において、「シュール」や「カオス」という言葉が、米国の日常的現実を描き出そうとするジャーナリストによって、一時間おきに発されるようになった。米国では毎日一九人の子供が銃で撃たれ、大統領は北朝鮮の金正恩と核兵器のチキンゲームに興じ、人工知能エンジンが詩や小説を書き、CNNと『ジ・オニオン〔米国の風刺報道機関〕』の見出しが日に日に判別しづらくなっている。[*2]

トランプの錯乱した大統領任期は、歪みゆく現実のある種のクライマックスを象徴している。しかし、真実だと分かっている事柄と政治家が話す事柄、常識と世の中の営みとの間の断絶に人々が感じる方向感覚喪失の萌芽は、六〇年代にまで遡る。社会が分裂し始め、政府、支配層、エリートが提供する公式な物語が崩壊し始め、ニュース報道が速度を上げだした頃だ。一九六一年にフィリップ・ロスは米国の現実についてこう書いた。[*3]「人を朦朧とさせ、気分を害し、憤りを招く」。彼は不満を露わにしている。日刊新聞は「人間を驚きと畏れでいっぱいにする。それはあり得るのか？　本当に起きているのか？　もちろん、むかつきや絶望とともに。贈賄、スキャンダル、馬鹿げたこと、裏切り、愚かな言動、嘘、偽善、雑事……」。

現実が小説作家の想像を超越している（そしてリチャード・ニクソンやロイ・コーンといった、どんな小説家も嫉妬するような実在の人物を生み出している）というロスの感慨は、半世紀以上を経たトランプの時代に、風刺文学やスパイ小説の作者によって繰り返されることになった。また、小説家が世界に困惑を感じ、想像力をもって取り組むことに苦労しているという彼の考察は、ジャーナリズム、とりわけトム・ウルフが名付けたニュー・ジャーナリズムが、六〇年代の生活がどのようなものかを捉えるうえで、小説を凌駕し始めた理由を説明する手助けとなる。「世紀末の中を微笑み通す」とうまく題された『エスクァイア』誌の選集（ノーマン・メイラー、マイケル・ハー、ゲイ・タリーズといった筆者による有名な雑誌記事が掲載された）が証明したように。

政治家はいつの日も現実を都合良く提示してきたが、テレビと後にインターネットが、曖昧に言葉を濁すための新たな場を彼らに提供した。八〇年代に、共和党の戦略家リー・アトウォーターは「印象こそが現実」だと気づいた。[*4] 彼は、策略や偽装が得意で狡猾なトリックスターとしてオデュッセウスに不朽の名声を与えた際にホメロスが熟知していた、人間の心理に関する洞察について率直に明言している。しかし、南部で共和党の戦略を推進するために分断を誘う争点を持ち出す、一九八八年の大統領選挙で悪名高いウィリー・ホートンの広告を作成する、といったアトウォーターによる、この教訓の冷徹な応用は、マスメディアを媒体として使い、どんなことをしてでも勝つというマキャヴェッリ主義を、米国政治の本流に導入した。[*5]

約三〇年後、トランプはウィリー・ホートンの役に移民を割り当てようとした。時計の針を巻き戻すかのように彼は、ジョージ・ウォレスのより明白な人種差別主義とレトリックを、特定の人たちだけにわかる人種差別主義によって置き換えた。トランプは同時に、本能的に理解していた。インターネットが社会の新たな原動力となり、争点に関する有権者の無知が拡大している。そのため、もう一つの現実を提供する、感傷的で共有されやすい物語を売り込むやり方で、有権者の恐怖や敵意に付け込むことがかつてより容易になっていると。彼はまた、「フェイクニュース」だとしてジャーナリズムの信用を傷つける運動を強化した。彼が記者を攻撃する際に使う「人民の敵」は、かつてレーニンとスターリンによって使用されたぞっとする表現である。

トランプは、単に反射的に、臆面もなく嘘をつくだけにはとどまらない。その何百もの嘘が相まって、人々の不安に訴える偽の物語が作られるのだ。トランプは米国を、犯罪に苛まれている国（実際には犯罪率は歴史的に低い水準を記録しており、一九九一年のピーク時と比べて半分以下だ）、暴力的な移民の波に襲われている国（実際は米国生まれの市民よりも移民の方が暴力的な犯罪を犯す確率が低いことを統計が示している）として描き出す。[*6] 移民は国にとって重荷となり、より注意深い審査を受けるべきだという（実際は二〇〇〇年以降の米国人によるノーベル賞受賞者七八名のうち三一名が移民の出身だった。移民とその子孫は米国の主要なテクノロジー関連企業の約六〇パーセントの設立に携わってきたと計算されている。その価値は四兆ドル近い）。要するにトランプは、米国は深刻な問題を抱えており、救世主が必要だと主張していた。

トランプは政治に転身するだいぶ前から、嘘をビジネスツールとして利用していた。[*7] 彼は、自身の代表的な建物であるトランプ・タワーが六八階建てだと言い張ったが、実際は五八階建てでしかない。彼はまた、ジョン・バロンやジョン・ミラーという名の広報担当者のふりをして、自身の業績を自慢する傀儡（かいらい）を演じた。自身の誇大宣伝のため、詐欺によって商売を繁盛させるため、他人の期待に応じるために嘘をついた。何もかもが純粋に取引的だった。売り上げだけが重要だったのだ。

　彼は不動産開発業者、そしてリアリティ番組のスターとして何年も過ごし、無差別にブランド名を振りまいた[*8]（トランプ・ホテル、トランプ・メンズウェア、トランプ天然水、トランプ大学、トランプステーキ、トランプウォッカ、トランプ・ホーム・コレクション）。大当たりした広告主や宣伝者の多くと同じく、彼は覚えやすく単純なスローガンの頻繁な繰り返しが商品（および彼の名）を顧客予備軍の脳裏に留めるのだと理解していた。「ＭＡＧＡ［Make America Great Againの略］」のロゴがついたキャップを集会で配る数十年前から、彼は歴史家のダニエル・ブーアスティンが「擬似イベント」と呼んだものを実行することに熟練していた[*9]。すなわち、主に「報道または再生される直接の目的のために」「企画され、仕掛けられ、扇動される」イベントである[*10]。

　ブーアスティンによる一九六二年の著書『幻影（イメジ）の時代――マスコミが製造する事実』は、ボードリヤールやギー・ドゥボールといったフランスの思想家から、ニール・ポストマンやダグラス・ラシュコフなどの社会批評家まで、さまざまな文筆家の作品に影響を与えた。それは、カーダシアン一家やオズボーン一家、数々のデスパレートな妻たちがお茶の間に姿を現す数十年前に、リアリティ番組の出現を鋭く予見していた[*11]。そればかりか、彼はドナルド・J・トランプと非常に良く似た人物の登場を予想していた。ブーアスティンの言葉を借りるならば「良く知られている」ことで知られる有名人（それも『有名人の実習生』という番組の司会）だ。[*12]
人魚（猿の死骸に魚の尾を縫い付けたものだと判明した）を含む、まがい物でいっぱいの、珍奇な展示物を集めた博物館をニューヨークで経営していた、一九世紀のエンタテイナーでサーカスのショーマンでもあるP・T・バーナムのブーアスティンによる描写は、現代の読者にとって驚くほど身に覚えがあるだろう。[*13] 彼は自称「ぺてん師たちの王子」で、その「偉大な発見は、人々を騙すのがいかに簡単かという点ではなく、（面白いと思わされている限り）彼らがいかに喜んで騙されるのかという点だった」。

ブーアスティンは『幻影（イメジ）の時代』に記した。[*14] イメージが理想に取って代わるのと同様に、「信憑性」という概念が真実に置き換わっている。人々は、ある事柄が事実か否かということよりも、「信じた方が都合が良い」のかどうかを気にしている。やがて、物差しとして、迫真性が真実に取って代わるに従い、「何かを真実に見せかける」手腕が、「社会的に報われる技術」となった。六〇年代初期のビジネスにおける成功者の新たな姿が、マディソン街のマッド・メン［ニューヨークの広告代理人］だったのも無理はない。

ボードリヤールはこうした考察をさらに発展させ、次のように示唆した。[*15] 今日のメディアが中心の文化において、人々は「ハイパーリアル」つまりディズニーランドのように人工的な現実のシミュレーションを、退屈で日常的な「リアルの砂漠」よりも好むようになったのである。

ホルヘ・ルイス・ボルヘス、ウィリアム・ギブソン、スタニスワフ・レム、フィリップ・K・

ディック、フェデリコ・フェリーニといった芸術家も、似たようなテーマを扱った。リアルとヴァーチャル、現実と想像、人類とポスト人類との境目が曖昧になり、重複し、時には崩壊する。短編『トレーン、ウクバール、オルビス・テルティウス』でボルヘスは、トレーンという未知の惑星を発明する「天文学者、生物学者、エンジニア、形而上学者、詩人、化学者、数学者、道徳家、画家、幾何学者の秘密結社」について記述する。[*16] 彼らは、その地理、建築様式、思想体系を思い描き、遺物やら描写やらのトレーンの断片が、現実の世界に出現し始める。一九四二年頃、こうした流れに弾みがつき、語り手によると、やがてトレーンの教えが広く流布するあまり、子供の頃に学んだ歴史がかき消され、「架空の過去」で置き換えられてしまう。

トレーンをめぐる作り事が人間の意識に根を張る力と、嘘に基づいた命取りになる政治的イデオロギーが一国に感染する力とを、ボルヘスは直接類似するものとして描いた。いずれも、世の中について納得しようと必死な人々に訴求する、内面的に辻褄が合う物語を提供するのだと彼は指摘した。「現実は複数の意味で屈した」とボルヘスは書いた。[*17]「事実、真実は道を譲りたがっていた。一〇年前、弁証法的唯物論であれ、反ユダヤ主義であれ、ナチズムであれ、秩序の外観を備え整えられたどんな制度でも、人々を魅了するのに十分だった。トレーンの魔法にかかり、規律の取れた惑星の細かく膨大な証拠に屈服して、なぜいけないのか？　現実だって秩序立っているかもしれないが、それは我々が決して完全には理解できないと返答するのは無駄である。そうかもしれないが、それは我々が決して完全には理解できない神の法則——翻訳するならば、非人間の法則——に従っているからだ。トレーンは迷宮かもしれないが、人間が構想したものであり、人間によって解読されることが運命づけられている」。

トマス・ピンチョンの小説も、情報過多に苦しむ世界にとって一段と示唆的な、共通したテーマを追究している。一種の精神的な目眩に動揺する彼の登場人物は、実はパラノイア患者たちが正しく、別々の事実同士を結ぶ悪意のある陰謀や隠された動機が存在するのではないか、と考える。あるいはニヒリストたちこそが何かに気づいていて、ノイズには合図などなく、カオスと乱雑さしかないのではないか。「パラノイアが何となく心地良い——宗教的だと言ってもいい——としても」と彼は『重力の虹』に記した。[*18]「アンチ・パラノイアも依然として存在する。どんなものも他の何とも繋がっていない。我々の多くにとっては長く堪え難い状況だ」。

『ハイパーノーマライゼーション』と題された二〇一六年のドキュメンタリーで、英国の映画製作者アダム・カーティスは、ポスト真実時代における、人生に関する表現主義的なモンタージュによる瞑想録を創作した。[*19]（ボードリヤールをも想起させる）タイトルは、人類学者アレクセイ・ユルチャクの旧ソ連における最後の数年の生活を指す造語から来ている。人々は何十年にもわたって政府に売りつけられてきたプロパガンダの不条理を理解すると同時に、どんな代替物を心に描くことにも苦労していた。BBCのiプレイヤーの環境で二〇一六年の米大統領選の直前に発表された『ハイパーノーマライゼーション』においてカーティスは、西側の市民も政治家たちが何年も語ってきた話を信じなくなり、トランプは「そうした状況下なら現実は操作可能であり」、その過程で「さらに古い権力のありようを切り崩し、弱体化できる」と理解したのだ、とナレーションで述べている。

極右のトランプ支持者の一部もまた、自分なりに現実を再定義しようと試みている。映画『マトリックス』の象徴性を引き合いに出し、オルタナ右翼や一部の傷つけられた男性の権利団体は、人々を自分たちの大義名分に転向させることを「パンピーに赤い薬を」という。[*20] つまり、白人が迫害に苦しみ、多文化主義が深刻な脅威であり、男性が女性に抑圧されているという、自己流で裏返しのもう一つの現実を売りつけようというのだ。『マトリックス』では、主人公が赤（知識と、現実の厳しい真実を象徴する）と青（催眠性の幻想と現実の否認を象徴する）の二つの錠剤のうち一つを飲むという選択肢を与えられる。

インターネット上のデマをめぐる研究[*21]の共著者、アリス・マーウィックとレベッカ・ルイスは、「ある争点について赤い薬を飲んだ集団は、他の過激思想に感化されやすくなる。かつては比較的政治色が薄かったオンライン文化が、人種的緊張の怒りで煮詰まり始めた。平凡な反フェミニズムを受け入れたSF、ファンサイト、ゲーマーのコミュニティの一部は、白人ナショナリストの思想を支持し始めている。『皮肉としての』ナチスのシンボルや憎しみに満ちた言葉が、反ユダヤ主義の真剣な表現になりつつある」と論じている。[*22]

マーウィックとルイスの主張によれば、ネット上で思想を広めるに当たってオルタナ右翼が用いる手法の一つは、過激な見方を最初は薄めて入口の概念とし、より広い層を惹き込むというものだ。若い男性の一部にとって、「差別的でない言葉遣いを拒否するところから、自分たちの抱える問題を女性、移民、ムスリムのせいにするまで飛躍するのは、驚くほどたやすい」。[*23]

多くの女性嫌悪者と白人優位主義者のミーム［インターネットを通じて拡散するネタ］が、ピッツァゲートのような大量のフェイクニュースに加えて、フェイスブックやツイッターへ飛び移って主流派から注目されるに足る熱狂を集める前に、4chanやRedditのようなサイトで発生するか、勢いづく。[*24]ウェブ上の陰謀論を研究するレネー・ディレスタは、ロシアのような外国政府を含む悪意ある行為者にとってRedditが効果的な実験場だと言う。[*25]ミームや嘘の物語の定着度を試すのだ。

ディレスタは二〇一六年春に、正確さや重要度ではなく人気や注目度によってユーザーにニュースを提供するソーシャルメディアのアルゴリズムが、陰謀説の促進に寄与していると忠告していた。[*26]こうした極端なコンテンツは人々の考え方に影響を及ぼすのみならず、ワクチン、都市計画における市街地区別政策、水道水のフッ素化といった公共政策をめぐる議論にも浸透する。問題の一端はソーシャルメディアにおける「熱意の非対称性」だ。ディレスタによれば、明白な事実を強調する投稿を書くのに何時間も費やす人が少ない一方で、「熱狂的な陰謀論者や過激派は『羊のような大衆を目覚めさせる』ための献身の一環として膨大な量のコンテンツを生み出す」のだ。

関連情報を推薦するエンジンが陰謀論者同士を繋ぐ役割を果たしている、と彼女は付け足す。「私たちが、特定の主義に偏ったフィルターに守られて単に孤立していた時点はとっくに過ぎた。それどころか今はそれぞれの現実を体験し、別々の事実に基づいて行動する地下室のようなコミュニティに振り分けられている」。ここまで来てしまえば、「インターネットは、もはや現実を反映するにとどまらず、現実を形成しているのだ」と彼女は結論づけた。

第五章　言語の乗っ取り

明瞭な言語なしには、真実の基準などありえない。[*1]

――ジョン・ル・カレ

作家のジェームズ・キャロルは次のように考察した。[*2] 人間にとって言語とは、魚にとっての水のようなものだ。「我々は言語の中を泳いでいる。言語を通じて考える。言語の中を生きているのだ」。オーウェルが、「政治的混沌は言語の崩壊と関連している」、すなわち言葉を意味から切り離し、指導者の実際の目的と宣言との間に裂け目を入れる、と記したのはそのためだ。[*3] だからこそ、米国と世界は、トランプのホワイトハウスが発表する嘘の連続や、不信と不和を広める道具としての言語の使用に混乱を感じている。そしてこれこそが、歴史を通じて全体主義的な政権が、人々のコミュニケーション方法だけでなく、考え方を支配する取り組みの一環として、日常の言語を乗っ取ってきた理由である。オーウェルの『一九八四年』における真理省が外部の現実の存在を否定し、ビッグ・ブラザーの無謬性を守ろうとした手法と同じだ。[*4]

オーウェルの「ニュースピーク」は虚構の言語だが、旧ソ連や東欧で共産主義権力によって課された「ぎこちない言語」をしばしば反映し、風刺している。[*5] フランスの学者フランソワーズ・トムが一九八七年の論文（『ぎこちない言語』）で指摘した「ぎこちない言語」の特徴としては、抽象化、具体的なものの回避、トートロジー（「マルクスの理論が真実なのは、それが正しいからだ」）、下手な喩え（「ファシストのタコは、その白鳥の歌［最後を飾る歌］を歌った」）、世界を善悪（間に何もない）に振り分ける二元論などが挙げられる。[*6]

毛沢東の共産党も一九四九年に中国で権力を握って間もなく言語的操作の計画を採用し、新たな政治的語彙を創出した。[*7] ある言葉は封じ込められ、他のある言葉には別の意味が与えられ、党のスローガンが、休みない反復を通じて人々の脳裏に叩きこまれたのだ。職場での報告であれ、必須であるひとしきりの自己批判に従事しているのであれ、「正しい」そして「誤った」喋り方があるのだと人々は理解させられた。

全体主義が日常の言語に影響を及ぼす様子をめぐる、歴史上で最も詳しい記録の一つは、第二次世界大戦をドレスデンで生き延びたドイツ系ユダヤ人の言語学者ヴィクトール・クレンペラーによって書かれた。[*8] クレンペラーはナチス下のドイツにおける生活を綴った驚くべき一式の日記(『私は証言する』)をつけていた。また彼は、ナチスが言葉を「小さな一滴のヒ素」としてドイツ文化を内部から毒し、蝕んだ方法を、研究書(『第三帝国の言語』)にまとめた。[*9] 本書は、「何百万もの反復によって[人々に]押しつけられ、機械的、無意識的に受け入れられた」成句や構文を通じて、ナチスが「人々の血肉に浸透」するまでの痛ましいケーススタディだ。そしてこれは、独裁者が批判的思考を抑圧し、偏見を煽り、民主主義を乗っ取るうえで、言語をいかに迅速に、誰も知らぬ間に武器へ転用するのかについて、オーウェルの『一九八四年』と同じように不安をかきたてる、他の国や未来の世代に対する教訓的な話でもある。

クレンペラーは、演説者としてのヒトラーはムッソリーニには及ばないと感じていた。[*10] 耳障りな声と怒鳴り癖のある、不機嫌で自信のない男として彼の目には映るナチスの指導者が、これほどまでに支持を集めたことに驚いていた。彼はヒトラーの勝因が、極悪なイデオロギー以上に、他の政治家を迂回し人々に直接訴えかける腕前にあると考えた。国民（Volk）という言葉が頻繁に持ち出され、ヒトラーは彼らの代弁者、救世主として自らを提示した。彼とゲッベルスが仕掛けた大規模なスペクタクル（効果的な擬似イベント）も効力を発揮した。ヒトラーの演説を取り囲む「旗、パレード、花冠、ファンファーレ、斉唱の豪華さ」は、総統と国家の偉大さを合成する、効果的な「広報的策略」として機能したとクレンペラーは指摘している。

旧ソ連や毛沢東の中国と同様、ナチス下のドイツで言葉は不吉な変貌を遂げた。血に飢えた、残酷といった、「脅迫的で嫌悪感を引き起こす性質」を意味していた熱狂的な（fanatisch）という言葉が、帝国の原動力として必要な献身や勇気という美徳を喚起する「賞賛を過度に示す形容詞」になったとクレンペラーは書いている。[*11] 戦闘的、好戦的（kämpferisch）という言葉も「防御、あるいは攻撃を通じた自己主張」という意味の褒め言葉になった。同時に、ワイマール共和国を連想させる「システム」という言葉は見下された。今日の右翼の共和党員がいわゆる「ディープ・ステート」を嫌悪するように、ナチスが軽蔑する対象だったのだ。

一九二五年に出版されたヒトラーの『わが闘争』は、ナチスの雄弁術と文体の「根本的な特徴を文字通り確立した」とクレンペラーは述べる。[*12] 一九三三年に「その派閥の言語が、国民の言語になった」。それは、例えば仲間を特定するために暗号化された言い回しや人種・女性差別的な中傷といったオルタナ右翼の隠語が完全に主流化され、日常的な政治的・社会的会話の一部となるようなものだった。

数字や誇張表現に対するナチスの執着にクレンペラーは一章を費やした。何もかもが一番または最大でなければならなかった。彼は記す。第三帝国のドイツ人が象狩りに出掛けたならば、「世界最大の象を皆殺しにした。想像を絶する数を、地球上で最強の武器で」と自慢しなければならない。（殺害した敵の兵士、確保した捕虜、集会のラジオ放送の聴者数といった）ナチスが発表する数字の多くはあまりにも誇張されていて、クレンペラーの表現を借りれば「おとぎ話的な要素」をまとうようになった。[*13] 彼が記すところによると、一九四二年に「ヒトラーは帝国議会で、ナポレオンは零下二五度のロシアで戦ったが、司令官ヒトラーは零下四五度、時には零下五二度でも戦ったことがあると発言した」。クレンペラーは続ける。やがて嘘と誇張は「無意味で完全に効果を失い、終いには意図されたものと正反対の確信をもたらす」時点にまで達した。

トランプの虚言癖はあまりに極端であるため、報道各社が事実関係を調べる校閲者をチーム単位で雇うだけでなく、彼が発した嘘や侮辱、違反した規範の長いリストを作成するという手段に訴えるほどである。さらに彼の恥知らずさは、周りの政治家をも大胆にし、かつてない厚かましさで嘘がつかれるようになっている。例えば共和党の議員は、自分たちの税制改革法案が財政赤字や社会のセーフティーネット制度に及ぼす影響について、あからさまに嘘をついた。実際は企業や富裕層を対象とする減税が、中流階級を助けるのだと虚偽の発言をしたのと同じように。

トランプの言語に対する襲撃は嘘の奔流にとどまらない。彼は法の支配にとって本質的な言葉や原則を奪い取り、個人的な動機や政治的な党派心で汚(けが)した。彼は民主主義とその理想を表す言語を独裁主義のそれにすり替えてしまったのだ。米国憲法ではなくトランプ自身に対する忠誠を要求し、米国の人々の利益にとって何が最善かについて彼らがどう考えるかにかかわらず、議員や裁判官が自分の政策や願望を支持するものだと思っている。

他の表現では、トランプは言葉を真の定義とは真逆の意味で使うという、オーウェル的（「戦争は平和だ」、「自由は奴隷だ」、「無知は力だ」）で、不穏な策略を実行している。[*14]「フェイクニュース」という言葉をあべこべにして、自分にとって脅威であったり、好意的ではないと感じるジャーナリズムの信用を傷つけようとしている。それだけではなく、メディア、司法省、ＦＢＩ、諜報機関など、自身に敵対していると考える組織を繰り返し攻撃してきたのは自分であるにもかかわらず、ロシアによる米大統領選挙への介入をめぐる調査を「米国の政治史上、断トツで最大の魔女狩り」と呼んだ。[*15]

さらにトランプは、「ほら吹きのテッド」「不正なヒラリー」「おかしなバーニー」等、自分自身が身に覚えのある悪事をそのまま相手に被せて非難する、邪（よこしま）な癖を持っている。彼は「より良い未来に値する人間ではなく、票としか有色人種を見ていない」とクリントンを責め立て、「ロシア人と民主党員たちの間で大規模な共謀があった」と告発した。[*16]

オーウェルの『一九八四年』におけるニュースピークの言語では、「黒白」といった言葉が「二つの、相互的に矛盾した意味を持つ」。[*17]「敵対する者に適用した場合、明白な事実に反して黒が白だと図々しく主張する習慣を指す。相手が党員の場合は、党の規律が必要とすれば忠誠心から黒を白と快く呼ぶことを意味する」。

これも、大統領の代理として嘘をつき、人々の眼の前にある証拠を無視するような表明を日常的に行っているトランプのホワイトハウス高官や議会の共和党員の言動と不穏に繋がっている。実際、この政権は、ホワイトハウス報道官ショーン・スパイサーがトランプの就任式に「史上最大の観衆が」集まったと言い張りつつデビューを飾った。それは証拠写真を公然と無視しており、ポリティファクト［米政治評価サイト］によって「真っ赤な」嘘だと判定された。[*18]

ジャーナリストのマシャ・ゲッセンは、こうした類の虚言は、ウラジーミル・プーチンが嘘をつくのと同じ理由によって発されるのだと指摘している。[*19]「真実そのものにまで及ぶ権力を行使するために」。ゲッセンは二〇一六年の終わりに次のように書いた。ウクライナの件で、「プーチンは明白かつ説得力の高い反証にもかかわらず、嘘を貫くことにこだわった。後に発言を少しずつ真実に近づけた際も、それは脅迫による自白ではなく、彼の都合による、誇らしげな自画自賛の肯定だった。このことは共に単一のメッセージを伝えている。プーチンの権力は、事実に構わず好きなことを好きな時に言えることにある。彼は国家の大統領であり、現実を支配する王なのだ」。

『一九八四年』において、党とビッグブラザーが現実に対する支配力を及ぼす別の方法は、自らの世界観に整合するよう過去を調整することだ。「党の予想が常に正しかったと示すために、あらゆる種類の演説、統計、記録を繰り返し更新するだけではない。主義や政治的同盟における変化は絶対に認めるわけにはいかない。というのも、考えや政策を変えることは、弱さの告白だからだ。例えば、ユーラシアまたはイースタシア（どちらだったとしても）が今日に敵であるならば、その国はいつも敵であった必要がある。もし事実がそれに反するなら、事実を修正せねばならない。こうして歴史は絶え間なく書き換えられていく」[20]。

考えてもらいたい。トランプの就任から数日も経たないうちに、ホワイトハウスのホームページ上では気候変動についての記述が変えられていた[21]。その間、環境保護運動家たちは政府の気候データをダウンロードし、アーカイブするのに必死だった。敵対的な政権によって破壊、紛失、隠蔽されることを心配したためである。彼らの不安の一部は後に現実となった[22]。二〇一七年に環境保護庁は、「新たな指導部の姿勢を反映する言葉遣いのアップデート」を含むというオーウェル的な表現と共に、ウェブサイトに「本庁の新しい方向性を反映する変化が訪れている」と発表した。

エネルギー省が管理する教育目的のページでは、再生可能エネルギーに関する表現が化石燃料の使用を推進するものに取って代わった。国務省のウェブサイトからは、オバマ政権の二〇一三年の気候報告と気候変動をめぐる国連会議への言及が消えた。

農務省の職員は、ソーシャルメディアへの投稿が「前政権の政策の優先順位や構想への言及を除外するために」管理者によって検閲されなければならないと告げられた[23]。国立公園局がトランプ就任式の観衆とオバマ大統領のそれを比較する航空写真の投稿をリツイートした際には、同局のデジタル部はツイッターの使用を一時的に停止するよう言われた。当該リツイートはすぐに削除された。

その間、トランプは英語という言語に対して個人的な攻撃を続けた。トランプの支離滅裂さ（ねじれた構文、発言の撤回、不誠実な言葉、二枚舌、扇動的な大言壮語）は、彼が創りあげ、生き甲斐とするカオスの象徴であり、嘘つき用工具一式の中でも不可欠の道具である。彼のインタビュー、テレプロンプターなしの演説、ツイートは、侮辱、絶叫、自慢、余談、無理な推論、留保、説教、当てこすりの驚くべきごた混ぜだ。人を脅迫し、平然と騙し、分裂を煽り、スケープゴートにするいじめっ子としての取り組みになっている。

事実と同様、正確な表現もトランプにとっては大した意味を持たない。これは彼の文法的無秩序を通訳するのに苦戦する通訳者たちが証言できる。NBCテレビの番組『ミート・ザ・プレス』のアンカーであるチャック・トッドは、候補者として登場したトランプが数回にわたり、椅子に深く座り直して自身の一コマを音なしでモニターに再生するよう制御室に要請する様子を観察した*24。「彼は、すべて目に映る印象を確認したがっていた。通して無音で見るのだ」。

トランプは綴りについても同じくらい無頓着である*25。有名な“covfefe”のツイートがあった。「絶え間ない否定的な報道のcovfefeにもかかわらず」。また、中国による米海軍のドローン押収を指して「unpresidentedな行為［「前代未聞」はunprecedented］」と投稿した。「米国の第四五代大統領として、あなたがた偉大なアメリカの人々に仕えることをhonored［「名誉に感じる」はhonored］」だというツイートもあった。もちろんツイッター上での綴り間違いはよくあることだし、トランプのツイッター衝動についてはそれより遥かに不安な側面が多々ある。しかしながら、これらは彼の衝動的、刹那的、結果を顧みぬ姿勢の表れである。それに彼の綴り間違いは伝染している。ホワイトハウスは大統領のイスラエル訪問に関する声明で、その目的の一つが「永続的なピーチ［「平和」はpeachでなくpeace］の可能性を促進する」ことだと発表した。ホワイトハウスは他の配信でも、トランプが駐ロシア大使に任命したジョン・ハンツマン・ジュニアや、英首相テリーザ・メイの名前を綴り間違えている。就任式の公式ポスターには「どんな夢も大きすぎることはない、どんな試練も乗り越えられないことはない［tooであるべきところがto］」と書いてあった。さらに彼の初めての一般教書演説のチケットは「議会への一般教書演説［UnionをUniomと間違う］」と題されていたため、印刷し直された。無害なミスかもしれないが、これらは政権の広範囲に及ぶ不注意と機能不全――つまり正確さ、詳細、精度への尊大な軽視を暗示している。

米大統領の公式な発言とされているトランプのツイートは、いつの日か印刷され、立派に綴じられ、白い手袋をはめた人物によって金塗りの大統領図書館の棚に収められるに違いない。ロシア介入をめぐる調査から注意を逸らす目的の気晴らしであれ、注目を渇望するナルシシストが意識の流れそのままにわめき散らしているのであれ、異常な状況に人々を順応させるためのより意図的な戦略の一環であれ、彼のツイートは直ちに地球規模の反応を引き起こしている。北朝鮮との核緊張が高まり、国や大陸単位で不和が生まれ、大戦後の秩序全体に震えが走っているのだ。

極右団体ブリテン・ファーストによる反ムスリムのビデオをリツイートしたトランプは、英国のテリーザ・メイから鋭い非難を受け、それまでマイナーだった一ヘイト・グループの主流化を招いた。*26

ジャーナリズムを「フェイクニュース」だとがなり立てることで、トランプは記者たちが既に抑圧されたなかで業務を遂行しているロシア、中国、トルコ、ハンガリーといった国における報道の自由へのさらなる弾圧を容易にしている。[*27] さらに、強権的な政権の指導者が自国における人権侵害や戦争犯罪の告発を退ける際の正当化事由を提供している。二〇一一年から二〇一五年までの間にダマスカス郊外の軍事刑務所で一万三〇〇〇人に上る収容者が殺されたとアムネスティ・インターナショナルが報告すると、シリアのバッシャール・アル＝アサド大統領は「今時どんなことも偽造が可能だ」――なにしろ「我々はフェイクニュースの時代を生きているのだから」と述べた。長年にわたり迫害されてきたムスリムの少数民族ロヒンギャに対して、軍がおぞましい民族浄化を実行しているミャンマーでは、安全保障省の高官が「ロヒンギャというものなど存在しない。フェイクニュースだ」と宣言した。

トランプとムッソリーニの台頭との間に類似点を見出しているニューヨーク大学の歴史とイタリア研究の学者であるルース・ベン＝ギャット教授は、独裁主義者は決まって「民衆、メディア、政治階級の許容範囲」を試すものであり、トランプの扇動的なツイートや発言は「彼がどれほどやり逃れ得るのか、米国人と共和党が『もうたくさんだ』と言う時点が果たしてあるのかを確かめる」取り組みになると主張している。[*28]

イタリアの学者ウンベルト・エーコによる、ムッソリーニと「原ファシズム」をめぐる一九九五年のエッセイもまた、回顧的に読んだ場合、トランプの言葉遣いや権威主義的な表現を説明するのに役立つ。[*29] ファシズムに内在するとエーコが記述した特徴の多くが、読者にトランプの扇動主義を不穏に思い起こさせるのだ。ナショナリズムと人々の「違いに対する恐怖」に訴える、科学と理性的会話を拒絶する、伝統と過去を持ち出す、異論を反逆として扱う、といった傾向だ。

より具体的に、エーコは「ムッソリーニには哲学などなく、美辞麗句だけだった」と記した。それは「曖昧な全体主義だった。さまざまな哲学的・政治的概念の寄せ集め、矛盾の塊だ」。原ファシズムは「複雑で批判的な論証に必要な道具を限定するために」「貧弱な語彙と初歩的な文法」を採用する、とエーコは補足する。そして「人民」を市民や個人ではなく、指導者が理解する振りをしている「共通の意思を表明する一枚岩的な存在」として捉える。例えば議会や立法府の代わりに、指導者は自らを「人民の声」として提示するのだ。これに奇妙な聞き覚えがあるとすれば、トランプが共和党大会での演説で観衆に「私はあなたがた米国の人民と共にある。私はあなたの声なのだ」と言ったからに違いない。[*30]

第六章　フィルター、地下室、派閥

我々は皆、誤解の海を越えて互いに嘘を叫び合っている島々だ。[*1]

——ラドヤード・キプリング、一八九〇年

二〇〇四年の米大統領選の直前に、献身的なリベラルである劇作家アーサー・ミラーは「世論調査が拮抗しているなんて、私はブッシュ支持者を一人も知らないのに」と疑問を口にした。[*2]

あれから、私たちの政治的地下室の壁は言うまでもなく一段と高くなり、エコー室の吸音材も厚みを増してきた。フェイスブックのニュースフィードやグーグルのサーチデータによる、不浸透性のフィルターバブルに密封される前から、私たちは政治、文化、地理、生活様式によって、ますます隔離が進むコミュニティに属していた。それに、フォックス・ニュース、ブライトバート・ニュース、そしてドラッジといった特定の主義に偏ったニュース源が加われば、羅生門効果が支配するようになったのも驚きではない。支持政党が対立する市民の間の共通の基盤は急激に縮小しており、コンセンサスという発想そのものが過去のものと化している。

二〇一六年のピュー研究所の調査によると、共和党支持者の四五パーセントが民主党の政策は国の幸福にとって脅威だとみなしており、民主党支持者の四一パーセントは共和党の政策について同じことを述べた。[*3]この敵意は政策をめぐる不一致にとどまらず、対人的なものでもある。同じ調査で、民主党支持者の七〇パーセントが共和党支持者は他の米国人と較べて考えが閉鎖的だと答え、共和党支持者の四七パーセントは民主党支持者が他の米国人と比較して不道徳であると言い、四六パーセントはより怠惰であると言った。

こうした党派心が、米国の民主主義を蝕もうとするロシアのトロールたち、フェイクニュースと偽のソーシャルメディア・アカウントを通じた社会的分離の拡大、トランプ大統領の支持層に迎合し敵対者をおびき寄せるための扇動的な発言によって、さらに激化している。このことは、かつての米国のモットーだった"E Pluribus Unum"（多数から一つへ）が、トランプの大統領記念コインからは外され、自身のスローガン「米国を再び偉大にしよう」によって取って代わられた事実が自ずと示している。[*4]

ビル・ビショップの著書『*The Big Sort*（大きな仕分け）』によると、拡大し続ける米国の分裂が始まったのはここ数十年のことである。[*5] 五〇年代、六〇年代、七〇年代にはコミュニティ同士が政治的に融合しつつあるようにみえた。サンベルト〔米国南部の温暖な地域〕の繁栄が南部で拡大するに従って、「経済的にも統合が進んだ」とビショップは記している。しかしながら、一九八〇年ごろに何かが起きたとビショップは言う。人々が「自分の価値、嗜好、信条」を中心に生活を再整理しだした。これはある程度、六〇年代に続いた社会的・文化的な混乱に対する反応だった。大卒者は都市部へ引き寄せられ、地方は経済的に後れをとったのだ。

「伝統的な制度に対する信頼が失われるにつれて」とビショップは書いた。[*6]「職場の希薄な繋がりが人々の帰属意識の欲求を満たすには不十分だということが明らかになった」。そこで、人々は同じ考え方の地域、教会、社交クラブなどの組織を探し当てることで、コミュニティの感覚を得た。この変化は、インターネットによって光速で増幅される。特定のイデオロギー的な視点に応じるニュース・サイト、特別な関心ごとの掲示板、興味の共有によって自らを地下室に仕分けることをさらに容易にしたソーシャルメディア。ミレニアムの変わり目には、分離はイデオロギーというよりも趣味や価値観に基づいていたが、「党がライフスタイルを表すようになり、ライフスタイルがコミュニティを区別してきた以上、何もかもが共和党か民主党に仕分け可能に思われる」と、ビショップは述べた。[*7] 何もかもというのは、医療保険制度や投票権、地球温暖化についての意見だけでなく、どこで買い物をして、何を食べ、どんな映画を観るのかといったことも含む。ピュー研究所の二〇一七年の調査が明らかにしたところによると、米国人は大学教育の価値をめぐってさえ合意できない。[*8] 民主党支持者および民主党寄りの無党派層の七二パーセントは大学が国に前向きな影響を及ぼすと答えたが、共和党支持者および共和党寄りの者の過半数（五八パーセント）は、そうした高等教育機関に対して否定的な見方をしている。

その間、中間の人々――すなわち無党派層や浮動票――の影響力は、少なくとも多くの政治家からの注目度においては低下した。『*The Second Civil War*（第二次南北戦争）』で、ベテラン政治記者のロナルド・ブラウンスタインは、ジョージ・W・ブッシュの政治顧問が、どのように二〇〇〇年の選挙戦のデータを分析し、二〇〇四年に支持基盤を刺激し共和党支持者の投票率を高めることに照準を絞るという決断を下したのかを描いている。これは、後にトランプが容赦なく追求した、支持層に迎合する戦略の前兆だった。あるブッシュの顧問がブラウンスタインに話したところによると、「この戦略は、［支持率］五五パーセントの大統領職のために意図されたものではない。国と議会の五〇プラス一を押さえたうえで、我々が信じる事柄を可能な限り多く法制化するために立案されたのだ」[*9]。二〇一六年に、ヒラリー・クリントンの陣営は（夫のビルが支配していた）

白人の労働者階級の票を実際には回収不可能だとみなし、彼女の支持層に対して投票を促すことに専念した。[*10]

イデオロギーの一貫性は年々強まっている。ピュー研究所による二〇一四年の調査によると、一九九四年からの二〇年間で、より多くの民主党支持者が政策をめぐる（移民、環境、政府の役割といった）質問に対して「一定のリベラルな回答」を寄せ、より多くの共和党支持者が「一定の保守的な回答」をした。[*11] 調査結果によれば、それぞれの党において意見が最も一貫した者たちは「政治的過程に対して不相応な影響を及ぼした」。すなわち、投票したり、献金したり、議員に連絡したりする可能性が高かった。また、二〇〇八年のオバマ当選のあと、連邦議会の選挙区の設定（または改変）を管轄する州政府を制御する一斉の取り組みが始まり、この勝手な選挙区改定で共和党が有利になっている。[*12] コンピュータ・ソフトウェアの助けを借りて描かれた、新たな、しばしば非常に歪な選挙区は、下院を確保し保持するうえで共和党にとって相当に好都合だった。また選挙区を右派に傾けがちだったため、多くの議員が予備選挙における右派を恐れ、ワシントンへ到着してから民主党と妥協することに乗り気でなかった。

こうしたひたむきな党派主義者にとって、党への支持は、自分が好むNBA、MLB、NFLチームの頑固で猛烈なファンであるようなものだ。それはアイデンティティの一部であり、自分のチームはいつも正しい。下手なプレーを監督のせいにしたり、トレードの結果やってきたがパフォーマンスがいまいちな給料泥棒の選手にむかついたりするように、特定の政策や候補者を嫌うことはあっても、黙示録でも起こらない限りは、忠実なファンとして対抗者に苦悩と屈辱を望むのである。

議会における投票の分極化も、こうした展開を反映している。ピュー研究所の調査によると二〇一四年までには、連邦議会の共和党議員と民主党議員は「近代史において最も立ち位置がかけ離れていた」。そのうえ、議員の間で加速する両極化は「非対称的であり、拡大する隔たりの大部分は、共和党議員の右極化によるものだった」[13]。

この非対称性の主な理由は右翼メディアの急進である。九〇年代に遡ってみると、ラッシュ・リンボーが扇動的な悪口と演出術——いずれもドナルド・トランプが彼から学んだ——によって、儲けにつながる全国的な観衆を勝ち取れると証明した。何十年もの間、彼がどんなに馬鹿げたことを言おうと、信奉するお調子者たちがそれを忠実に繰り返した。ある痛烈な非難で、リンボーは「欺瞞の四隅は、政府、学術界、科学、メディアである」と主張した[14]。彼はまた、「科学者は白衣を着てもっともらしく見える」ものの「彼らは詐欺師だ。左派に買収され、わいろをもらっている」と言明した。

連邦通信委員会が平等主義（その日の重要な話題に時間を割き、対立する意見をも報道するようテレビやラジオ局に要請した）を廃止してから三〇年、ロジャー・エイルズとルパート・マードックがフォックス・ニュースを設立してから二〇年の間に、右翼メディアは自らの表現（移民の危険性、主要メディアの当てにならなさ、大きな政府という悪等々）を絶え間なく繰り返す、無秩序に広がった、自己中心主義のネットワークに発展した[15]。彼らは、純然に恥知らずで大音量であることによって、全国的にやりとりされる議論の多くを形づくることに成功した。スティーブン・バノンが「オルタナ右翼の討論場」と呼ぶブライトバート・ニュースや、地方のニュース放送を通じて米国家庭の三八パーセントに届いていると予想されるシンクレア・ブロードキャスト・グループは、無数のオンライン・サイト、ユーチューブ・チャンネル、ラジオ放送と共に右翼メディアの宇宙を拡大した。オーウェル的な動きだが、シンクレアは地方のニュース・アンカーに、事実の報道を害するトランプ大統領自身の誇張を反映した、「偽ニュース」に関するメッセージを含む台本を読み上げることまで強制した。

こうした放送局の多くは、立証可能な事実や情報を提供する素振りさえ見せない。それどころか、あるトークショーの司会者が「真実に基づいた内容」と呼ぶものを、視聴者の既存の信条に準じたり、彼らの最悪の不安を掻き立てたりする、身勝手で、前もって準備された物語に作り変えようとしている。[*16]

保守派のラジオ司会者チャーリー・サイクスは、近年、保守派メディアは「フェイクニュースに対する自らの免疫力を破壊し、同時に最悪かつ最も向こう見ずな右派に力を与え」る「もう一つの現実バブル」を創り出したと考察した。[*17]

二〇一五年四月一日から二〇一六年一一月の大統領選投票日までにネット上に掲載された一二五万以上の記事を対象とした、二〇一七年のハーバード大学の研究が結論づけたところによると、親トランプ読者は「隔離された知識のコミュニティ」に強く依存していた。[*18]それは「ソーシャルメディアを中心に、特定の主義に極端に偏った視点を世界に発信して」、ユーザーの共有する世界観を補強し、彼らの先入観に対して問題を提起するかもしれない主流メディアに対して偏見を抱かせた。結果、現実には起きていないスウェーデンでのテロ事件を大統領がほのめかしたり、実在しない「ボウリング・グリーン大虐殺事件」に大統領顧問が言及してしまうような環境が整えられたのだった。

派閥政治が共和党と民主党をますます支配するようになり、候補者は予備選挙の時点で党の支持層を確保しようと先を争っている。共和党の支持基盤の大部分は今、銃規制、オバマケア、温暖化といった争点に対し、瞬時にお決まりの拒絶反応を示している。統計、専門家の分析、大学や政府による念入りな研究、時には自分の利益さえも気にしようとしない。筋金入りのトランプ支持者の多くは、そうした証拠を決して信用できないリベラルまたはディープ・ステートによる政治としてはねつけるのだ。こうした党派主義者にとって、党への忠誠と派閥政治は、事実や道徳、礼儀よりも重要だ。一〇代の少女に対する性的不品行について告発された上院議員候補ロイ・ムーアを支持した共和党員や、真の戦争の英雄であるジョン・マケインをブーイングし、トランプに逆らったマケインを神が癌で罰したのだと邪悪に述べたトランプ支持者を見ればわかる。[*19]

ジャーナリストのアンドリュー・サリヴァンが書いた通り、「イデオロギー、地理、党派、階級、宗教、人種といった根強く複雑な境界線が、より深い何かに変異している。より図解にしやすく、その意味でもずっと不穏である」[*20]。それは、単純な政治の分極化ではない。「不自然で不気味に均衡がとれた政治力のバランス、自らの側の優位のためにとどまらず、相手側を挑発し、非難し、打ち負かすために闘う、二つの首尾一貫した派閥」へと向かうような、国家の分裂なのだ。

なぜ人々は自身の信条を支持する情報を急いで採用する一方で、異議を唱える情報を拒絶するのだろうか。確証バイアスを説明するうえではさまざまな理論が提案されている。[*21] 第一印象を取り除くのは難しい、自らの陣地を守ろうとする原始的な本能がある、人は挑戦を受けると知的ではなく感情的な反応をしがちで、証拠を注意深く吟味することを嫌うなど。

集団の力学は、こうした傾向を強調するだけだと、著述家で法学者のキャス・サンスティーンは『*Going to Extremes*（極端に走る）』を通じて考察した。[*22] 偏狭さとは、しばしば限定的な情報（そして多くの場合に先入観を補強する情報）のインプットや、仲間に対する承認欲求を意味している。もしグループのリーダーが「異議申し立てを奨励せず、特定の結論を導きがちであれば、グループが全体としてそれに向かって動き出す可能性が非常に高い」。

サンスティーンは記した。[*23] 一旦グループが精神的に孤立させられてしまうと、「グループ外からの情報や視点は容易に疑われ、メンバー同士が話し続けることで生じる分極化の過程を邪魔するものがない」。事実、同じ考え方の人間が集まるグループは過激派運動の温床となり得る。「テロリストは生まれるのではなく作られる」とサンスティーンは述べる。「しばしばテロリストのネットワークは、まさにこうして作用している。結果として、至って普通の人々を暴力的な行為に駆り立てることがある」。

二〇一六年の終わりに、チャーリー・サイクスは人気ラジオ番組を降板することを決めた。政治は「二元的な派閥世界」と化してしまったと彼は指摘した。[*24] 有権者は「奇妙な行動、不誠実、粗雑さ、残忍性を許容する。いつだって相手側はもっと悪いからだ」。リスナーが許容しなかったのは、サイクスのトランプへの批判や、ヒラリー・クリントンとバラク・オバマをめぐる異常な陰謀説が明らかに事実に反するという異議だった。リスナーたちは主流のニュース源、さらにいえば純然たる事実を拒否することに慣れきっていたのだ。

「右派の新たなメディア文化においては」と二〇一七年の著書『*How the Right Lost Its Mind*（右派が正気を失うまで）』に彼は記した。「否定的な情報は単純に、もはや浸透しないのだ。失言やスキャンダルは揉み消され、無視され、語り変えられ得る。それに対抗する説明を放つことができる。トランプは、主要メディアによる言説や批評、事実確認に影響されない候補者がいることを証明したのだ[*25]」。

多くの人々が三つのテレビ・ネットワークのうちの一つからニュースを得たり、『オール・イン・ザ・ファミリー』や『メアリー・タイラー・ムーア・ショー』といった同じ番組を見たりしていた、ケーブルテレビ以前の時代は遠く過ぎ去った。新しい『スター・ウォーズ』の映画やスーパーボウルは、人口統計上の境界線を超えて視聴者が熱中する数少ない共同のイベントである。ニュースに及んでは、分裂の進むメディア環境が、最も赤い赤［共和党支持者］から最も青い青［民主党支持者］にまでわたるニッチな対象に、サイトや出版物を提供している。フェイスブック、ツイッター、ユーチューブ他の多くのサイトが、過去に収集した個人データに基づくアルゴリズムによってユーザーが目にする情報をカスタマイズしている。

「グーグルが個人仕様になった以上」とインターネット活動家イーライ・パリサーは著書『フィ

ルターバブル』に記した。[26]「『幹細胞』というサーチ一つを取っても、研究に賛成する科学者と反対する運動家にとって、完全に真逆の結果を生み出すかもしれない。『気候変動の証拠』を検索する環境保護活動家と石油会社の重役には、それぞれ違う結果が表れるかもしれない。世論調査によると、圧倒的多数の人がサーチエンジンとは当然公平なものだと思っている。しかしそれは単に、自身の見方とより合致するように、バイアスがかかっているためかもしれない。コンピュータのモニターはますます片方からしか見通せない鏡のようになっている。それは自身の関心事を反映しており、アルゴリズムによる観察者に何をクリックしているのかが見られているのだ」。「無限のユー（you）ループ」とパリサーが呼ぶように、ソーシャルメディアのサイトは私たちに自らの世界観を肯定する情報を与えがちだ。[27]そのため人々は日に日に狭まるコンテンツの地下室と、それに合わせて縮小する塀に囲まれた思考の庭に暮らす。リベラルと保守派、民主党支持者と共和党支持者が、事実について合意することが一段と困難になり、共有されるような現実感につかまえどころがなくなってきている理由である。また、クリントン陣営や報道機関の大部分を含むニューヨークやワシントンのエリート層が、二〇一六年の大統領選でトランプが勝利したことにあれほどまでに打撃を受けたことにも、ある程度の説明がつく。

パリサーは二〇一一年のTEDトークを通じて忠告した。[28]「アルゴリズムが我々のために世界をキュレーションするのならば」、「もし我々が目にするもの、しないものを決めるならば、関連性だけを基準にするのではなく、心地の悪い、対立的な、あるいは重要な事柄を、すなわち他の視点を見せてくれるように、我々は注意を払わなければならない」。

第七章　注意力の欠如

あるものの真の働きを知りたければ、それが崩れゆくときに観察するのがよい。[*1]

——ウィリアム・ギブスン『Zero History（ゼロ・ヒストリー）』

フェイクニュースを拡散し、客観性に対する信頼を蝕むうえで、テクノロジーは非常に可燃性の高い燃焼促進剤だと証明された。革新への変化を生み出す触媒になると思われていたものの負の側面に、私たちはますます気づかされている。

後にワールドワイドウェブとなるものを、一九八九年に考案したティム・バーナーズ＝リーは、言語や場所の境界線を超えて人々を繋ぎ、情報を共有することで、前代未聞の創造性と問題解決をもたらす普遍的な情報システムを心に描いていた。[*2] ボルヘスの無限の図書館の博愛的なヴァージョンのようなもので、すべてを内包するだけでなく、この場合は検索して実際的・創造的に利用できるのだ。

「ウェブの普及は人間の可能性について新たな、プラスの情報を我々に教えてくれる稀な例だ」と、ジャロン・ラニアーは著書『人間はガジェットではない』に記した。[*3]「広告、商業的動機、罰則の脅威、カリスマ的人物、アイデンティティ政治、死に対する恐怖につけいるといった、人類の古典的な動機づけ抜きに、何百万もの人々が一つの企画に尽力するとは（少なくとも当初は）誰が予想しただろうか。膨大な数の人々が、単に良い考えだというだけの理由で協力した。それは美しいことだった」。

そうした初期の共同的事業の核心には、「人間性に対する甘美な信頼があった。個人に力を与えれば、害よりも善が生まれると我々は信じていた。それ以来インターネットが悪い方へ向かったことは本当に意外だ」とラニアーは回顧する。

情報を民主化し、（幾つかの）政府にもっと情報を公開するように強いて、政治的反体制派から科学者や医師にいたるまで、誰もかれもが互いに繋がることを可能にしたのと同じウェブが、悪い勢力によって誤報やデマ、残酷さや偏見を拡散するうえでも悪用され得ると人々は学んでいる。匿名で発言できる可能性が説明責任の有毒な欠落を促し、ハラスメントやトロールを容易にした。シリコンバレーの巨大企業は、国家安全保障局と並ぶ規模のユーザーデータを収集している。また、ネット利用の急増は、現代文化において既に見受けられた力学の多くを増幅した。「ミー」や「セルフィー」世代の自己陶酔から、イデオロギー的地下室に孤立する人々、そして真実の相対化まで。

ウェブ上の膨大なデータの中から、人々は自分の視点を裏付ける事実や擬似事実、非事実を漁ることができる。学者もアマチュアも、合理的な結論に至るために経験的な証拠を審査する代わりに、自身の仮説を支える資料を探すよう促されている。『ハーバード・ビジネス・レビュー』誌の元編集長ニコラス・カーが『ネット・バカ――インターネットがわたしたちの脳にしていること』に書いた通り、「ウェブ上で検索をかけるとき、森は見えない。木さえも見えない。我々が目にしているのは小枝や葉だけである」[*4]。

クリック数がすべてであり、エンタテインメントとニュースの境目が日に日にぼやけるウェブ上では、扇情的な、奇怪な、突飛なネタがトップへ押し上げられる。恐怖、嫌悪、怒りといった原始的な感情や［それを司る］脳幹に対して、シニカルに訴えかける記事と共に。

人々が神経過敏に気晴らしを求め、情報が溢れるこの時代、注目こそがネット上で最も貴重な価値である。法律の教授であるティム・ウーが著書『*The Attention Merchants*（注目の商人）』で考察したように、二〇一〇年代初頭、サイトは、一貫してコンテンツを急速に拡散させる方法を徐々に学んでいった。[*5] しばしば「共有への衝動は、畏怖、憤慨、不安といった『刺激の高い』感情のスペクトラムによって引き起こされていた」。

ウーは記す。かつて「あらゆる興味の領域におけるアマチュアの変人を育てるコモンズ」だったウェブが、二〇一五年までには「大部分がのぞき趣味と興奮といった、人間の最も低俗な衝動に向けられた商業的ゴミ」で溢れかえっていた。[*6] 今は、「広大な暗黒の領域」が広がっている。「大衆が退屈しのぎにクリックとシェアを続け、付属した広告を悪い風邪のように広めることだけを目的に工作された」「見出しで読者を釣る箇条書きの記事や、内容のない有名人の話題」などである。

新しいミレニアムが幕を開け、メディアに対する社会の信用が低下する中（制度やゲートキーパー［情報の取捨選択をする担当者］に対してますます募る不信感、主要メディアの評判を低下させようとする右翼の協調した取り組みの一環として）、より多くの人がフェイスブックやツイッターといったオンラインの情報源からニュースを得るようになった。二〇一七年までには、米国人の三分の二がニュースの少なくとも一部をソーシャルメディアから入手すると答えた。[*7] しかし、ニュース源としての家族や友人、フェイスブックやツイッターへの依存は、フェイクニュースという貪欲な怪物を養うことになる。

もちろんフェイクニュースは今に始まったものではない。扇情的な新聞報道が米西戦争への社会の支持を高めることに貢献し、ジュリアス・シーザーはガリアの征服を予防的な行動として語り直した。[*8] しかし、インターネットとソーシャルメディアによって、噂や空論、嘘は数秒のうちに世界中を駆けめぐる。ピッツァ・ゲートの馬鹿げた話や、二〇一七年十月にラスベガスで五八人を虐殺した男がアンチ・トランプのリベラルで、MoveOn.orgをフォローし、最近ムスリムになったという根拠のない説のように。[*9]

バズフィード・ニュースによると、二〇一六年の大統領選挙戦の最後の三ヶ月間、フェイスブック上で「トップ人気」だった選挙をめぐる虚偽の記事は、ニューヨーク・タイムズ、ワシントン・ポスト、ＮＢＣニュース、ハフィントン・ポストといった主要なニュース機関のトップストーリーよりも読者の反応を呼んだ。[*10] 二〇の虚偽の記事のうち、三つ以外は親トランプか反ヒラリー・クリントンだった。一つはクリントンがＩＳＩＳに武器を売った、もう一つはローマ教皇がトランプを推薦したという内容だった。オックスフォード大学インターネット研究所によれば、トランプ支持者のネットワークは、サンプル内の他のどの政治グループよりも多くのジャンク・ニュースを回覧した。[*11] ポリティコ［ネットメディア］による二〇一八年の分析によると、独立したメディアがトランプの主張をチェックできる地域の有権者と比べて、ニュース購読者が少ない、いわゆるニュース砂漠と呼ばれる地域の有権者の多くがトランプに投票している。

二〇一六年の米大統領選においてロシアによる介入の試みを容易にし、フェイクニュースを拡散するうえでソーシャルメディアが果たした役割が次第に明らかになるに従って、シリコンバレーのインサイダーは一種の存在の危機を経験した。自分たちが開発に貢献した魔法の道具が、フランケンシュタインの怪物になりつつあることを彼らは案じた。イーベイの創設者ピエール・オミダイアは「情報のマネタイゼーション〔現金化〕と操作が、我々を速やかに引き裂いている」と述べ、説明責任や信頼、私たちの民主主義にソーシャルメディアが及ぼしている影響について白書の作成を命じた。[*12]

「システムが機能していない」とティム・バーナーズ＝リーは発言した。[*13] 自分はまだ楽観主義者だと彼は話した。「酷い嵐が顔に打ちつける中で、柵につかまりながら丘の頂上に立っている楽観主義者だ」。

フェイスブックの初期の投資家だったロジャー・マクナミーは、情熱的なエッセイを通じ、二〇一六年の米大統領戦やブレグジットの国民投票の結果を左右する目的の、フェイスブック、ツイッター、グーグルといったプラットフォームへのロシアの介入は、巨大な氷山の一角に過ぎないと主張した。[*14] 根本的な改善抜きには、これらのプラットフォームは再び操作されるだろうと彼は忠告した。「既にどん底にある政治的言説のレベルが、さらに悪化し得るのだ」。

問題は、フェイスブックのようなプラットフォームが用いる、ユーザーの利用を最大化するためのアルゴリズムに内在しているとマクナミーは論じた。ユーザーが多くの時間を費やすほど、企業は多くの広告を出し、収益があがる。利用を最大化する方法としては、「ユーザーのデータを吸い上げて分析し、それを使って最も強い反応を呼ぶ内容を予測し、そういうコンテンツをもっと与えていく」。このことは、人々を党派ごとの地下室に孤立させるフィルター・バブルを創出するだけでなく、単純で刺激的なメッセージの優先に繋がる。また、陰謀論はソーシャルメディアで簡単に拡散する。移民に対する不安、減りゆく仕事への怒りといった感情に露骨に訴えかけるトランプ陣営や、英国のEU離脱派によって売りつけられたような大衆向けの扇動的な政治的メッセージもそうだ。こうしたポピュリスト的な発言は、経済が不安定（二〇〇八年金融危機の後を引く余波や、雪だるま式に増える収入格差）で、文化的・社会的な変化（グローバリゼーションと大規模な技術革新）が激しい時代に勢いを集める傾向があると、歴史家は証言している。

トランプの憎悪に満ちた発言は、あたかもソーシャルメディアのアルゴリズムのために仕立てあげられたかのようである。トランプは怒りっぽい人物であるだけでなく、他人の怒りにつけ込む特殊な能力を持つとスティーブン・バノンはジャーナリストのマイケル・ルイスに語っている。[*15]「沼を干上がらせろ、彼女を投獄せよ、壁を建てよ、によって我々は選出された。これは純粋な怒りだ。怒りと不安こそが人々を投票場へ駆り立てるのだ」。

同時に、トランプ陣営はソーシャルメディアやビッグデータのツールを、そつなくマキャヴェッリ的に利用した。[*16] フェイスブックと、ケンブリッジ・アナリティカ（トランプ支持者でブライトバートへの投資家であるロバート・マーサーが一部所有するデータ・サイエンス会社で、何百万人もの有権者候補を心理的にプロフィール分析できるという能力を持つと主張している）からの情報を利用して、広告対象やトランプが集会を計画する場所を絞り込んだ。

フェイスブックは八七〇〇万人にものぼるユーザーのデータがケンブリッジ・アナリティカと不正に共有された恐れがあると発表した。[17] 後者はその情報を、有権者の行動を予測し影響を与えるためのツールを開発するのに役立てた。ケンブリッジ・アナリティカの元従業員は、二〇一四年の有権者説得の取り組みをスティーブン・バノンが監督し、「沼を干上がらせろ」「ディープ・ステート」といった反エスタブリッシュメント的なメッセージを見極め、試したと話した。[18]

トランプ陣営のデジタル・メディア担当者ブラッド・パースケールは、支持者予備軍を対象に、個人向けにカスタマイズした広告によって好意的な反応を引き起こすために、言葉遣い、画像、色までもを絶えず微調整しながら一日当たり五万から六万もの広告を作成するために、フェイスブックの広告ツールを利用したと語った。[19]

ブルームバーグ・ビジネスウィークに引用された陣営の上級職員によると、トランプ陣営はまた、（受信者にしか見えない）いわゆるダーク・ポストを使い、投票を抑制する三つの工作を行った。一つめはバーニー・サンダーズ支持者を標的にしていた。[20] 二つめは若い女性向けだった（トランプ自身の女性関連のスキャンダルを考えれば奇妙だが、ビル・クリントンの不倫について思い出させれば彼女たちが不快になるかもしれないと陣営は考えた）。三つめはアフリカ系米国人を対象としていた（ヒラリー・クリントンが一九九六年に夫の反犯罪対策を指して「スーパー・プレデター」という表現を使ったことを思い出させれば、彼女に投票しないかもしれないと陣営は考えたのだった）。

言うまでもなく、二〇一六年の大統領選におけるソーシャルメディア操作の達人はロシアだった。[21] 民主主義と選挙制度に対する有権者の信頼を切り崩すという彼らの長期的な目的と、選挙結果をトランプへ傾けるという短期的目的が適合したのだった。また、ロシアのハッカーが民主党全国委員会から盗んだメールが後にウィキリークスに渡ったと米国の諜報機関は結論づけている。こうした企みは、クレムリンによる決然とした試みの一環だった。ＥＵとＮＡＴＯを弱体化し、グローバリズムと西側の民主的リベラリズムに対する信頼を蝕むという目的を達成するために、非対称的な非軍事的手法を用いる傾向は、二〇一二年のプーチン再選以来、加速した。こうした目的のために、ロシアはフランスのマリーヌ・ル・ペン率いる極右の国民戦線といったポピュリスト政党を欧州において支援しており、近年欧州で少なくとも一九ヶ国の選挙に介入している。さらに、スプートニクやＲＴといった国営のメディア機関を通じて誤報キャンペーンを張り続けている。

米国の選挙においては、ロシアの工作員が二〇一五年六月から二〇一七年八月の間に八万もの記事をフェイスブック上に掲載し、それを一億二六〇〇万人もの米国人が目にした可能性があるとフェイスブックは議会で証言した。[22] それは国中で有権者登録している人口の半数を超える。ロシアの記事のうち、一部は積極的にトランプを推進し、クリントンに不利な働きかけをしようという内容だった。他のものは、人種、移民、銃規制といった争点をめぐって米国社会が既に抱える分裂を深めようとしていた。例えば、南部連合という偽の団体による記事は、南軍の旗と「南部よ、再び立ち上がれ、という呼びかけ」を掲げていた。ブラック・パンサー党を追悼するブラクティビストという架空の団体による記事もそうである。そして「侵入者禁止」という看板を掲げる、「安全な国境」と題されたフェイスブック上の広告もあった。

「我々の社会における亀裂を深淵にまで広げようという戦略だ」と、メーン州の上院議員アンガス・キングはロシアによる選挙介入をめぐる上院情報特別委員会の公聴会で述べた。[*23]

幾つかの雑誌や新聞の報道によると、ユーチューブの推薦エンジンが、争いの種になる、扇情的、陰謀論的なコンテンツに視聴者を誘導している様子だった。[*24] ツイッターは、五万を超えるロシアと繋がったアカウントが二〇一六年の選挙に関連する話題を発信していたと明らかにした。オックスフォード大学の報告書によれば、選挙の前段階においてツイッター上の「ロシアのニュース記事、ウィキリークスのページへの確証されていないかまたは無関係のリンク、ジャンク・ニュース」へのリンクは、専門的に取材、出版されたニュースへのリンク数を上回っていた。さらに、決定的でない州と比べてフロリダ、ノースキャロライナ、ヴァージニアといった「選挙結果を左右する州の方がデマの平均水準が高かった」。

ロシアは、フェイクニュースを産出するだけでなく、それにコメントを投稿し、虚偽の米国人向けグループに加入する架空の米国人をでっち上げることにも長けていた。[*25] インターネット研究局（ＩＲＡ）と呼ばれるサンクト・ペテルブルクのプロパガンダ工場に勤めていたヴィタリー・ベスパロフというロシアのトロール工場の従業員は、ＮＢＣニュースに対し、仕事内容は「嘘の回転木馬だった」と語った。一階の職員は、三階の職員によって書かれたブログ記事を引用したフェイクニュースの記事を執筆し、同僚が偽の名前を使用してコメントを投稿し、他のソーシャルメディア記事を調整する。米諜報機関の情報源によると、ＩＲＡのアカウントの一部はウクライナをめぐる親ロシアのプロパガンダを創出していたが、早くも二〇一五年一二月には親トランプのメッセージに切り替えていた。

トランプが女性の体を触る話をした『アクセス・ハリウッド』〔米テレビ番組〕の音声が選挙前に公表された際、ロシアのツイッター工作員は彼の援助に駆けつけた。[*26] 主要メディアをけなし、クリントンの選挙対策責任者ジョン・ポデスタからハッキングにより入手された不利な電子メールに世間の注目を再び集中させる試みだった。こうしたトランプへの支持は彼がホワイトハウスへ移ってからも続いた。親クレムリンのツイッター・アカウントはＮＦＬ選手が〔国旗敬礼時に〕片膝をついた件といった問題をめぐって、対立を引き起こそうとしたのだ。しかし二〇一七年の終わり頃には、ロシアのアカウントは特別検察官ロバート・モラーと彼によるロシアの選挙介入に関する調査を妨害することに、専ら集中しているように見られた。

ロシアはまた、ネット中立性を廃止するというトランプ政権の決定についての米国の論争にも参加したようである。すべてのウェブ通信量を平等に扱うようインターネット・プロバイダーに義務付けるオバマ時代の規定を破棄すると、連邦通信委員会が投票で決定する直前に行われた調査では、米国人の八三パーセントが規定の撤回に反対していた。[*27] 決定を公表する前に連邦通信委員会は公の意見を歓迎すると述べたが、集まったコメントの多くは偽物か複製だったようだ。ある研究によると、四四万四九三八件のコメントがロシアの電子メールアドレスから寄せられており、七七五万件以上のコメントがフェイクメールジェネレーター・ドットコムに関連するドメインから発されており、ほぼ同じ言葉遣いを含んでいた。

トロール工場やボット軍は、プロパガンダ拡散、反体制派へのハラスメント、誤報によるソーシャルメディアの氾濫、いいね！やリツイート、シェアを通じて、人気や勢いの幻想を創るうえでロシア、トルコ、イランといった国の政党や政府に利用されている。オックスフォード大学の研究は次のように指摘した。[*28]「政党や候補者が選挙戦略の一環としてソーシャルメディアの操作を行う際、権力を握ってからも、こうした手法が続くことがある。例えば、フィリピンでは、ドゥテルテ大統領候補のプロパガンダを広めるために雇われた、いわゆる『キーボード・トロール』が、彼が政権を取った今も、政策を擁護する発言を拡散・増幅する取り組みを続けている」。

世論を操作するうえでのボットの利用は、オミダイア・グループによる世間の言説に対するソーシャルメディアの影響についての報告書の中で分析された要素の一つでしかない。[*29]分裂を増幅することに加え、ソーシャルメディアは制度に対する信頼を蝕む傾向があり、民主主義に不可欠な、事実に基づいた討議や議論をより困難にすると報告書は結論づけた。ソーシャルメディア上の個人仕様の広告や、ユーザーのニュース・フィードをカスタマイズするようプログラムされたアルゴリズムは、何が人気で何が実証可能なのかという境界線を曖昧にし、共通の会話に参加する人々の能力を低下させるのだ。

事は悪化するとしか思えない。特に、トランプのホワイトハウスがロシアの選挙介入について否定し続け、国家安全保障局とＣＩＡの元長官マイケル・ヘイデンが「歴史上最も成功した秘密裏の影響作戦」と呼ぶ事件への対応を怠るのであれば、なおさらだ。国家安全保障局のサイバー部長は、二〇一六年の大統領選においてロシアが二一の州の選挙制度に侵入を試み、幾つかに入り込んだと発表した[*30]。また、コンピュータ・セキュリティ会社が報告したところによると、二〇一六年に民主党全国委員会から電子メールを盗んだ同じロシアのハッカーたちが、二〇一八年の中間選挙に向けて、上院のアカウントに焦点を絞っていた。

ロシアは既に英国のブレグジット国民投票や、ドイツ、フランス、オランダで選挙介入を試みた[*31]。二〇一六年の米大統領選に介入した容易さ（ならびにトランプ政権一年目において受けた懲罰の欠如）が励みになったに違いない。メキシコや他国の政治家はプーチンの次なる標的になることを恐れ、フェイクニュースとプロパガンダによる不安定化の波に対して身構えている。

テクノロジーの発展によって、事態は一層紛糾すると思われる[*32]。ヴァーチャル・リアリティや機械学習の進歩によって、捏造された画像や動画はあまりにも説得力が高く、本物と見分けをつけるのが困難になる。音声サンプルから発言を再現することは既に可能であり、顔の表情はＡＩプログラムによって操作できる。将来、政治家が実際は口にしていない内容を語る写実的なビデオを我々は日の当たりにするかもしれない。ボードリヤールのシミュラークルが真に迫るのだ。こうした『ブラック・ミラー』的展開は、模倣と実物、偽物と本物とを見分ける私たちの能力を困難にするだろう。

第八章

「消火用ホースから流れ出す嘘」——プロパガンダとフェイクニュース

一人の人間を理屈によって説得するより、
偏見に訴えることで千人に影響を及ぼす方が早い。[*1]

——ロバート・A・ハインライン

二〇一六年の米大統領選挙や世界各地の他の選挙への介入によって、ロシアは欧米の政治的な会話の中心を占めている。こうした工作活動を通じてロシアが使用した手段は、クレムリンが冷戦中にまで遡る数十年をかけて作り上げ、精巧化したプロパガンダ・マシンを想起させる。そしてそれは、ハッキング、フェイクニュース、武器としてのソーシャルメディアの利用を含む、サイバー戦争における新たな熟達である。同時に、ポスト真実時代に作用する不穏な政治的・社会的な力学の多くに、二人のロシア人の思想が影響しているのは偶然ではない。一人目はウラジーミル・レーニン、二人目はずっと知名度が低いが、ウラジスラフ・スルコフだ。[*2] スルコフは、元ポストモダニストの舞台演出家で「プーチンのラスプーチン」と評され、クレムリンのプロパガンダを操る黒幕である。

その死から一世紀近くが経つ今、レーニンの革命モデルは恐ろしく耐久性が高いことが証明されている。国家秩序を改善するのではなく、制度ごと粉砕するという彼の目標は、二一世紀に多くのポピュリストたちから支持されているのだ。大衆を動員するツールとして混乱や混沌を利用する、(いつも破られる)ユートピア的で単純な約束をする、現体制の一部として汚名を着せる余地のあるすべてのものを攻撃する暴力的なレトリックまで、彼の手法の多くが採用されている。

レーニンはある時説明した。[*3] 自分の扇動的な話し方は「憎しみや、嫌悪や、軽蔑をよびおこすことを意図している」。そうした言い回しは、「説得するのではなくて、隊列を破壊することを、論敵の誤りをただそうとするのではなくて、論敵の組織をほろぼし、地上から一掃することを意図している。この表現は実際に、論敵については最悪の考え、最悪の疑惑をよびおこさせるような性質をもって」いる。こうしたことのすべてが、二〇一六年の選挙運動中にヒラリー・クリントンを攻撃したトランプとその支持者や（「彼女を投獄しろ！」）、英国の過激なＥＵ離脱支持者など、大西洋の両岸で右翼のポピュリスト運動によってますます用いられるようになった言説の雛形のようである。

ジャーナリストのアン・アップルバウムは、レーニンやトロツキーのように政治的周縁からポピュリズムの波に乗って重要な地位についた、トランプ、英国のナイジェル・ファラージ、フランスのマリーヌ・ル・ペン、ポーランドのヤロスワフ・カチンスキ、ハンガリーのオルバーン・ヴィクトル首相を含む、「ネオ・ボルシェビキ」の集団を定義した。二〇一七年に彼女は次のように記している。[*4]「彼らは驚異的な程度にまで、レーニンによる妥協の拒絶、ある社会的集団を他の集団より優先する非民主主的な行為、『邪道な』敵に対する憎しみに満ちた攻撃を採用している」。

アップルバウムは指摘する。より成功しているネオ・ボルシェビキの多くが、偽情報、扇動、対抗者へのトロール行為に特化した「もう一つのメディア」を創り出している。虚言は反射的であり、かつ確信に満ちている。彼らは「一般的な道徳観は自分には適用されない」と信じている。「腐りきった世界では、『人民』の名の下に、または『人民の敵』を攻撃するために、真実を犠牲にすることができる。権力闘争のためには、何でも許されるのだ」と彼女は記した。

実際、歴史家ヴィクター・セベスチェンはレーニンの伝記に、このボルシェビキの指導者は「彼の時代から一世紀後の論者が『ポスト真実の政治』と呼ぶものの創始者であり」、多くの意味で、彼は「完全に近代的な政治的現象を象徴している。独裁政権のみならず、西側の民主主義国家においても、我々に馴染みのある類の扇動政治家だ」と書いた。[*5] セベスチェンは続ける。「洗練されているはずの西側の政治文化において、最近の選挙を体験した誰もが身に覚えがあるだろう」。

トランプの（今は疎遠な）元顧問で、ブライトバート・ニュースの元会長であるスティーブン・バノンは、ジャーナリストに自分が「レーニン主義者」だと語ったことがある。[*6] ネットメディア『デイリー・ビースト』に寄稿された二〇一三年の記事でロナルド・ラドッシュは、バノンが「レーニンは国家を破壊したかった。それは私の目的でもある。私はすべてを激しく打ち倒し、今日のエスタブリッシュメントを丸ごと破壊したい」と公言したと語っている。ケンブリッジ・アナリティカに出資・援助した保守派の億万長者ロバート・マーサーは、政府は小さければ小さいほど良いと信じている。[*7] マーサーのヘッジ・ファンドの上層部に勤めていた元社員は『ニューヨーカー』誌のジェーン・メイヤーに対して述べた。「彼は、何もかもが崩れ落ちれば良いと思っているのだ」。

二〇世紀にプロパガンダの黒魔術に熟練したのがナチス・ドイツと旧ソ連という全体主義国家

だったことは驚くに値しない。世論を操作し、憎しみに満ちたイデオロギーを推進するうえでのテクニックは、数世代にわたって世界各地の独裁者や扇動政治家へ波及してきた。レーニンは、決して守らない約束を結ぶ専門家だった。「彼は複雑な問題に対して単純な解決策を提案した」と、セベスチェンはこのボルシェビキ指導者の伝記に記した。[*8]「彼はこれみよがしに嘘をついた。後に『人民の敵』とレッテルを貼ることのできるスケープゴートを特定した。彼は、勝利がすべてを意味するという論理で自らを正当化した。目的が手段の根拠となるのだ」。

ヒトラーはプロパガンダをめぐる議論に『わが闘争』の数章を費した。[*9]彼と宣伝大臣のヨーゼフ・ゲッベルスの見解は、独裁者になろうとする者にとっての図解本のようだった。人々の頭脳ではなく感情に訴えかける、「紋切り型の決まり文句」を用い何度も繰り返す、対抗者を絶え間なく攻撃し、観客から粗野な反応を誘い出す独特の表現やスローガンを押しつける。

はったり癖のあるナルシシストだと伝記作家に描写されたヒトラーは、当初から世間の注目を獲得する本能的な感覚を持っていた。自分の名前を売り込もうとする初期の試みについて、彼は「皆が我々を笑おうが侮辱しようが、愚か者や犯罪者として扱おうが、誰が構うものか」と書いている。[*10]「重要なのは、我々が話題に上り、常に脳裏にあるということだ」。レーニン同様、彼も、「物事の既存の秩序を混乱させ」、新たな思想が「浸透するための余地を創出する」必要性を強調した。[*11]

『全体主義の起源』でハンナ・アーレントは、ナチス下のドイツ国民と旧ソ連下のロシア国民を平然と騙すうえで、プロパガンダが果たした極めて重要な役割について考察した。「絶えず変化し理解し難くなってゆく世界にあって彼らが何事をもすぐに信じ、しかも同時に何事をも信じず、一切を可能だと考えるのと同時に何ものも真実ではないと確信するようになった」と彼女は記す[*12]。「大衆プロパガンダは」と彼女は書いた。「どんなにありそうもないことでも軽々しく信じてしまう聴衆、たとえ騙されたと分かっても、初めからみんな嘘だと心得ていたとけろりとしている聴衆を相手として想定し、それによって異常な成功を収めたのだった。全体主義の指導者が彼らのプロパガンダの基礎とした心理学的な仮定は正しかったのである。それはこうだった——途方もないお伽話を今日吹き込まれた連中は、明日になってそのお伽話がでたらめだと確信するようになったとしても、シニカルにこう主張するだろう、自分たちはもともとそんな嘘は見抜いていた、これほど見事にほかの人々を手玉にとれる指導者を持つのは自分たちの誇りだと」。

　ロシアは今もまったく同じ目的を達成するためにプロパガンダを利用している。自国民（そして徐々に他国民）の気を逸らし、疲弊させ、彼らが抵抗を諦めて私生活へ引きこもるまで、夥しい量の嘘で弱体化させるのだ。ランド研究所の報告書は、このプーチン・モデルのプロパガンダを「嘘の消火用ホース」と名づけた[*13]。嘘や部分的真実、完全な虚構が、間断ない集中的な流れとして、衰えを知らない攻撃性をもって吐き出されるのだ。真実を見えにくくし、注意を払おうとする者を圧倒し、混乱させるために。

「ロシアのプロパガンダは客観的現実にまったく関わろうとしない」と報告書は考察している[*14]。捏造された情報源や証拠（偽造された写真、現場からの嘘のニュース報道、でっちあげの残虐行為や犯罪被害者を俳優が演じる、演出された一場面）が使われることもある。「ＲＴやスプートニク・ニュースといったロシアのニュース・チャンネルは」と報告書は続ける。「形式的にはまともなニュース番組の外見を意図的に装っているが、事実確認がなされたジャーナリズムというよりも、インフォテインメントとデマの混合のようなものである」。

二〇一六年の米大統領選と欧州の選挙の前段階で大規模に輸出されたロシアのプロパガンダは、ニュース速報に反応して素早く次々と作り出された。[*15] そして複数の情報源があるという認識を支えるために、さまざまなメディア経路を通じて大量に高速で無限に再利用された。ロシアのトロールは信憑性や矛盾を気にしないため、しばしば正当なニュース機関が正確な記事を掲載するよりも早く、ある出来事の虚構版を発表できる。こうして、ある話題について人々は最初に受け取った情報を信じがちである（さらにはランド研究所が考察するように「両立し得ない伝達事項に直面した際に当初の情報を優先する」）という心理学的な傾向につけ込むのだ。

ロシアの消火用ホース方式によって放たれる莫大な量の誤報（dezinformatsiya）は、トランプや彼を支持する共和党員、彼のメディア内の手先によって放たれる大量の嘘やスキャンダル、衝撃の奔流よりも即興的で、同じくらい膨大である。それは人々を圧倒し麻痺させると同時に、逸脱の定義を狭め、容認できないものを標準として設定する。憤慨が憤慨疲れに変わり、それが嘘を拡散する者たちに力を与えるシニシズムと疲労感に取って代わる。チェスの元世界王者でロシアの民主化運動指導者ガルリ・カスパロフが二〇一六年一二月にツイートしたように、「現代のプロパガンダの核心は、誤った情報を伝えてアジェンダを推進するだけでなく、批判的思考を疲弊させ、真実を消滅させることである」。[*16]

好きな喩えを選んでもらおう。事態を混乱させる（muddying the waters）、サメに寄せ餌を投げる、煙霧機をかける、大衆に脅しをかける（flinging gorilla dust in the public's eyes）。それは副腎疲労とニュース疲労を引き起こすために開発された方法であり、私たちの注意力欠陥と情報過多の時代に完璧に合わせた戦略だ。T・S・エリオットの言葉を借りれば、「この喧噪の世界」で人々は「気を散らすものから気を散らすものによって気を散らされる」のである。[*17]

学者のゼイネップ・トゥフェクチは、デジタル時代において、誤報とデマの集中砲火によってウェブ上に混乱の種を蒔くことは世界中の政治的な宣伝者のお決まりの手法になりつつあると、洞察に満ちた著書『*Twitter and Tear Gas*（ツイッターと催涙弾）』に記した。[*18]

「ネットワーク化された公的圏内で」とトゥフェクチは述べる。「権力者の目的はしばしば、特定の言説が真実だと人々を説得したり、ある情報の特定の部分の発表を阻んだりすることではなく（こうしたことは一段と困難になっている）、人々の間に諦めやシニシズム、無力感を生み出すことにある」。それはさまざまな形で可能だと彼女は続ける。受け手を情報で圧倒する、注意力と集中力を希薄化する注意散漫を作り出す、正確な情報を提供するメディアの正統性を否認する、故意に混乱や恐怖や疑惑の種を蒔く、まがい物をでっち上げたり主張したりする、「信憑性のある情報伝達手段の運営を難しくするハラスメント運動を生み出す」。

「プーチン時代の真の天才」と呼ばれる、現代ロシアにおけるプロパガンダの達人ウラジスラフ・スルコフは、プーチンによる権力掌握と強化に一役かっており、これらの手段やそれを超えシア人工作員の隠密作戦法には、舞台監督としてのスルコフの特徴が多く見受けられる。

『プーチンのユートピア──21世紀ロシアとプロパガンダ』の著者であるジャーナリストのピーター・ポマランツェフは、スルコフを、ロシア政治を「一切の民主的自由抜きで民主的制度が維持される」リアリティ番組に変えたプロデューサーとして描写した。

「反体制派を上から抑圧するのではなく、異なった関心を持つグループに乗り込んで内側から操作するという、新たな種類の権力主義の発明に彼は手を貸した」とポマランツェフは二〇一四年に書いている。「ウラジーミル・ジリノフスキーのようなナショナリスト指導者が右翼の道化者を演じ、プーチン氏を比較的穏健に見せたのだ」。

「片方の手で」とポマランツェフは続ける。[20]「スルコフ氏は元反体制派によって構成される人権団体を支持し、もう一方の手で人権派の指導者を西側の傀儡だと告発する親クレムリンのナチのような若者グループを組織した」。敵味方を互いに争わせるカオスの創出こそが、クレムリンがすべての操り人形を動かしながら、デマによって現実を書き換えることを確かにしたのである。

似たようなスルコフ式の操作が、ソーシャルメディア上で米国人や草の根政治団体に成りすますことで、二〇一六年の米大統領選挙を混乱させたロシアの介入に見られる。[21]特別検察官ロバート・モラーが提起した三七ページに及ぶ起訴状によると、計画は先述のインターネット研究局に勤める数百人もの工作員が携わる洗練されたものだった。これらの工作員（その中には偽の口実を用いて米国を訪れた者もいた）は何百もの虚構のソーシャルメディア・アカウントを開設し、実在する米国人に成りすまし（時には身元を詐称し）、ロシアにいることを隠すために米国のサーバーを使った。こうした架空の人格を用い、ロシアの工作員はフェイスブック、インスタグラム、ツイッター、ユーチューブに投稿し、相当なフォロワーを獲得した。その任務とは、ヒラリー・クリントン（予備選挙期間ではテッド・クルーズとマルコ・ルビオ）の威厳を傷つける情報や、政治制度一般に対する不信感を広げることだった。移民、宗教、人種といった争点をめぐり有権者の間の分裂を拡大する試みに加えて、ロシアの工作員はトランプの人気を上げ、クリントンの人気を下げる意図のフェイクニュースを拡散した。また、親トランプ集会の組織化と宣伝に協力し、民主党による不正投票についての噂を流布させ、「米国のマイノリティ集団に棄権を奨励する」か、無党派の候補者に票を投じるよう働きかけだした。

いくつかのロシアの工作員たちの行動は、ときにシニカルなスルコフ的劇作法のようだった。クリントンと、「イスラム法は自由にとっての新しい強力な方向性だと考える」という彼女に帰せられた虚偽の台詞を載せた看板を掲げる本物の米国人を雇い、トラックの荷台に大きな檻を建てるために二人めの米国人を雇い、三人めの米国人に囚人服を着たクリントンを演じさせるといった具合だ。

ポマランツェフはポリティコで、ロシアにおけるスルコフの目標は一貫していたと述べた[22]。「偉大な一億四〇〇〇万人強の人口を、ゲイ、神、悪魔、ファシスト、ＣＩＡ、こじつけの地政学的悪夢をめぐって仰天し面食らった状態に置く」。国が常に動揺しパラノイア気味であれば、人々は上の空で「クレムリンの『強い権力』に保護を求める」よう促される。

舞台と広報における経験に加え、スルコフはアヴァンギャルドの芸術家やポストモダンの思想家をほのめかす自称ボヘミアンである。彼はロシアのテレビを、古いソ連時代のテレビのように退屈で野暮なものから、西洋のエンタテインメントをロシアの目的のために武器化した表層的な魅力を持つ、ポマランツェフの言葉を借りれば「キッチュなプーチン信奉のプロパガンダ・マシン」に変える手助けをした。[*23]

スルコフによるクレムリンのプロパガンダの巧みな編成には舞台芸術的な性質があると指摘されている。それは古臭いソ連のメッセージを伝えるというよりも、複数のしばしば矛盾するプロットによって混乱を招き、現実と虚構の境目を曖昧にするために演出されたスペクタクルだ。プーチンとスルコフのロシアには共産主義のイデオロギーはなく、ただ「権力自体が目的の権力と、莫大な富の蓄財」とポマランツェフが呼ぶものだけがある。

この虚無的な理想のために、スルコフは客観的な真実の存在を否定する主張を援用している。彼は「西洋文明の合理主義的パラダイムにおいて矛盾は不可避である」、なぜなら「語りがあまりにも直線的で、いわゆる現実を完全に反映するには形式的すぎる」うえに「自分の意図を隠して別人に成りすますというのは生物学的なサバイバルの最も重要な技術だ」という。ホメロスの古典では、真面目なアキレスは「狡猾な」オデュッセウスと比べて人を引きつけない。後者は嘘や詐欺の名人でペテン師の英雄だが、生き延びることに成功する。あらゆる語りは不確かですべての政治家は嘘つきだとスルコフは示唆する。よって、クレムリン（ならびにドナルド・トランプ）が提示するもう一つの事実は、別の誰かのそれと同じくらい有効なのだ。
二〇一七年一一月にロシアのサイトＲＴはスルコフのエッセイを出版した。それは言語の当てにならなさ、言葉と意味との乖離をめぐるデリダ風の主張によって、真実や透明性という西側の概念がナイーブで洗練されていないとほのめかすものだった。[*24] もったいぶると同時に複雑な記事は、スルコフの取引の原理に基づいた世界観を具体化していた。誠実さより皮肉、本心よりごまかしを優先し、ポピュラー文化を引き合いに出した。例えば、ヘヴィメタル・バンドのファイヴ・フィンガー・デス・パンチ（スルコフは「ウォッシュ・イット・オール・アウェイ」の歌詞に賛同して引用した）である。

スルコフのエッセイはローマ帝国が共和政ローマに取って代わった様子をめぐるゆゆしい記述で閉じられている。共和国は「洗練された権力の抑制と均衡の制度」にもつれこみ、「単純な帝国的縦型社会の援助」を必要としたため失敗したというのだ。彼は米国もまた、拡大するカオスから「強い権力」によって引き抜かれるのを待っていると不吉に述べている。この主張は、「ネオリアクション」あるいは「ＮＲｘ」として知られる右翼の反民主主義的思想と共鳴している。[*25] それは米国で支持者を増やしており、枷のないＣＥＯのごとく国を運営する指導者の就任を思い描いている。

「西側の王」とスルコフはＲＴのエッセイに記した。「デジタル独裁主義の創始者、半人工知能の指導者は既に漫画によって予測されている。なぜ実現しないのだろうか」。

第九章　他人の不幸を喜ぶトロールたち

少しばかりの混乱を引き起こす。
確立された秩序を乱せば、すべてがカオスに陥る。俺はカオスを媒介する。
——ジョーカー、映画『ダークナイト』よりスルコフがロシアのニヒリズムを西側へ輸出することに専念している一方で、米国は独自のシニシズム拡大と闘ってきた。不信感と極右からの刺激に勢いを得て、このシニシズムは二一世紀の最初の数十年間において、一種の国産ニヒリズムへと硬化しつつあった。それは幾分、派閥闘争を原動力とする、はなはだしく機能不全な政治制度に対する失望の副産物だった。技術革新やグローバリゼーション、過剰なデータに動揺する世界における浮遊感も一因だった。またそれは、手頃な価格の住宅や真っ当な教育、子供たちにとってより明るい未来といったアメリカン・ドリームの基本的な約束事が、二〇〇八年の金融危機後の米国においては果たされないという、中流階級間の尽きゆく希望を反映していた。

大きすぎて救済するほかないとされた銀行が二〇〇八年の暴落の代償を払わなかった一方で、働く国民の多くは今も喪失回復に努力している。収入格差は拡大し、大学の学費は急騰し、手の届くはずの住宅は手の届かないところへ消え去ろうとしている。

そうした物の見方から、多くの有権者はトランプの現状の体制に対する攻撃に影響を受けやすくなっていた。彼の取引の原理に基づいた政治と恥知らずな振る舞いを、不作法に正当化しようとする者もいた。すべての政治家が嘘をつくのに、なぜ彼の嘘に狼狽(うろた)えるのか？　利己主義が世を支配しているのに、どうして彼の金銭ずくの行為に腹を立てるのか？　このような意味でドナルド・トランプは危険な大変化を引き起こす人物であると同時に、時代の象徴でもあった。彼が公約のほとんどを驚くべき気軽さをもって破ったことは、多くの人のシニシズムを深めただけだった。このような空気は政治参加を助けることにならず、皮肉にも我々の理想や制度に対するトランプの攻撃を増長させる。

　自身の著書から明らかな通り、トランプは完全に共感が欠如しており、かねてより私利私欲にかられた世界観を持っていた。殺されたくなければ殺すべし、そして例外なく仕返しする。救いようなく暗い人生観であり、それはゼロサム的な視点を彼に与えた横柄な父親フレッド、問題が起きたならば「攻撃、攻撃、攻撃せよ」と助言した初期の師ロイ・コーンによって形成された。[*1]「世界は酷く嫌な場所だ」とトランプは著書『*Think Big*（野心的に考える）』で宣言した。[*2]「ライオンは食べ物を得るために狩りをするが、人間は気晴らしのために殺す」。そして「火事や洪水といった緊急事態において人々を略奪、殺人、窃盗に駆り立てる、燃えるような貪欲は、ごく普通の一般的な人の中で日常的に作用している。それは表面のすぐ下に潜んでいて、一番予期しないときに邪悪な頭をもたげて噛み付く。受け入れなさい。世界は残酷な場所だ。人々は娯楽のために、または友人に見せびらかすために他者に大打撃を与えるのだ」。

　トランプは主として、攻撃対象とする人物や機関（ヒラリー・クリントン、バラク・オバマ、ジェームズ・コーミー、報道機関、諜報機関、ＦＢＩ、司法府、彼がライバルまたは脅威として捉えるすべての相手）を通じて自らを定義づけ、常に敵かスケープゴートを探しているようだ。これまでに移民、ムスリム、女性、アフリカ系米国人を侮辱してきた。さらに言えば、彼の行動指針の大部分は否定主義によって動かされている。医療保険制度改革や環境保護を含むオバマ大統領の遺産を無効にし、リンドン・B・ジョンソンが六〇年代に「偉大な社会」政策を始めて以来整備されてきた、より広いセーフティーネットと公民権法を解体する衝動だ。「アメリカを再び偉大にしよう」とは、公民権運動、女性の権利運動、LGBTの権利、ブラック・ライヴズ・マター［黒人の命も命だ］以前の五〇年代に時計の針を戻すことを意味している。

しかし、否定主義とニヒリズムにおいてトランプは決して独りではない。連邦議会の共和党議員の多くもまた、理性や常識、政策形成における討議的過程を放棄している。大口の献金を受けたことで税制改革法案に賛成票を投じたと公然と認めた者もいた。クリス・コリンズ下院議員は「私の献金者はつまるところ、『実現させよ、さもなければ二度と電話を掛けるな』と言っている」と話した。[*3] 議会は移民政策に対して手を打つことを幾度も怠り、何度悲劇が繰り返されようとも銃規制に取り組むことを拒絶している。

トランプ大統領との関わりについては、これらの共和党員の多くは彼の増え続ける嘘、政府内の重要な地位への非常に不適任な候補者の任命、何十年にもわたる内政と外交政策のでたらめで軽率な破棄、向こう見ずな意思決定（『重力の虹』のピンチョンの表現を借りれば「苛立ち、思いつき、幻覚そして全方面に及ぶ嫌味」からしばしば発生するように見える）[*4] を単に無視する。トランプの力量や安定性について（当然オフレコで）記者に懸念を打ち明けることがあっても、トランプの支持基盤との関係悪化を恐れて公式には語らない。こうしたシニカルな派閥主義は、政府に対する有権者の嫌悪感を、自己充足的予言に変えるだけだ。

ワシントンにおけるニヒリズムは、より広範囲な空気を反映すると同時にこれを引き起こしている。諸制度に対する信頼低下、法の秩序と日常的な規範や伝統に対する尊敬の喪失、礼儀正しさが低下する兆候、自分と意見が異なる相手と丁寧な議論をする能力の欠如、他者の正直な過ちを許し、相手にとって有利に状況を解釈し、その言い分に耳を傾ける寛大さを拒絶する傾向が進んでいる。

人生が偶然的で無意味だというこの感覚は、結果に対する不注意さと結びついている。『グレート・ギャツビー』のブキャナン夫妻を思い浮かべてほしい。[*5]「彼らは無頓着な人々だった。トムとデイジー。彼らは物や生き物を粉砕しておきながら、次には彼らのお金か巨大な気楽さに、もしくは彼らを結びつける何かへと後退し、自分たちが引き起こした問題を他の人たちに解決させるのだった」。このことは映画『ファイト・クラブ』や意図的に嫌悪感を起こさせるミシェル・ウエルベックの小説のカルト的な人気、コーマック・マッカーシーの『血と暴力の国』やニック・ピゾラットのＨＢＯシリーズ『ＴＲＵＥ　ＤＥＴＥＣＴＩＶＥ』といった暗い名作の主流な人気に反映されている。

新たなニヒリズムが、ウィキリークスに見られた。[*6]公表した米国の機密文書から米軍と接触した可能性のあるアフガニスタン市民の名前を消さなかったのだ。名指しにされた個人に「致命的な結果」を招きかねないとアムネスティ・インターナショナルなどの人権団体は忠告した。

新たなニヒリズムとして、フェイクニュースの記事を捏造して人々が金儲けをすることもある。

オンライン広告を通じ、月額一万ドルにも上ると推定されている。[*7] フェイスブック上で五〇万回以上シェアされた「ヒラリーのメール漏洩の容疑をかけられたFBI捜査官の死亡が発見された。無理心中と思われる」という見出しがつけられた完全に架空の話題は、フェイクニュースのサイトを幾つか運営する、カリフォルニアに拠点を置くディスインフォメディアという会社によって捏造されたとNPRは報じた。ディスインフォメディアの創設者としてNPRに特定されたジェスティン・コーラーは、フェイクニュースがいかに簡単に広まるかを見せるために会社を設立し、「このゲーム」を楽しんでいると語った。彼はライターと共に「リベラル派にも似たようなことを仕掛けようとしたが」その試みはトランプ支持者に向けた記事ほど急速に拡散しなかったと述べた。

新たなニヒリズムに、トランプ政権で国家安全保障会議の高官になったマイケル・アントンが（プブリウス・デシウス・ムスというペンネームを用いて）書いた「フライト九三選挙」という記事がある。[*8] 彼は二〇一六年における有権者の苦境を、九・一一で墜落した破滅を運命づけられた飛行機の乗客が陥った窮地になぞらえ、トランプに投票することをコックピットへの突入と比較した。「コックピットに突入するか、死ぬかだ」と彼は書いた。「いずれにせよ死ぬかもしれない。あなたか、もしくは一行のリーダーがコックピットへの侵入に成功しても、飛行や着陸の方法を知らないかもしれない。何も保証はない。ただ一つ、試みなければ死は確実なのだ」。

新たなニヒリズムはそれ自体が冷酷でグロテスクな行為として現れる。[*9] サンディーフック小学校銃乱射事件で子供を殺害され悲嘆に暮れる親たちに対しでっち上げの片棒を担いでいると非難するようなトロール行為だ。パークランドの高校における虐殺を生き延びた学生も似たような攻撃を受けた。そうした出来事を考えれば、トランプ時代における人気表現の一つが「武器化」であるのも驚くべきことではない。皮肉を武器化する、恐怖を武器化する、ミームを武器化する、嘘を武器化する、税法を武器化するのである。

最もぞっとするような人種差別的、性差別的、邪悪で冷酷なコメントがソーシャルメディア上ではウィンクや冷笑の絵文字と共に掲載され、それを告発された者はジョークだったとしばしば反論している。トランプが無礼な発言をした際に、冗談だったとか、誤解だとホワイトハウスの補佐官が言い訳するのと似ている。二〇一六年一一月のオルタナ右翼の会合で白人優位主義者のリチャード・スペンサーは「トランプ万歳！　我々の民に万歳！　勝利に万歳！」と演説の最後に叫んだ。[*10] 彼の絶叫に応えたナチス式の敬礼について尋ねられたスペンサーは「明らかに皮肉と熱狂の精神から生じたものだ」と答えた。

研究者のアリス・マーウィックとレベッカ・ルイスが共同研究『オンラインにおけるメディア操作とディスインフォメーション』において示唆する通り、皮肉なファシズムは皮肉ではないファシズムへと繋がる入口となり得る。「『皮肉的に』民族的な中傷を二、三ヶ月間使用した4chanのトロールは、真剣な白人優位主義的主張により影響され易くなるかもしれない[*11]」。

実際、ハフィントン・ポストは、ネオナチのサイト『デイリー・ストーマー』（「ナショナリズムと反ユダヤ主義のメッセージを大衆に広める」ことを目的とする）がライター向けに文章の手引きをまとめていると報道した。[*12] そこでは「いつもすべてをユダヤ人のせいにすること」といった提案、承認された人種差別的表現のリスト、「サイトの論調は軽快であるべきだ」というユーモアの使用についての寒気のするような助言が提供されている。

「我々が軽口を叩いているだけなのか否か、教化されていない者には区別がつかないようにする必要がある」と手引きの執筆者は助言する。「さらに、憎しみに満ちた人種差別主義者というステレオタイプを嘲る意識的な自覚があるべきだ。私は普段これを、自分を卑下したユーモアとして考えている。私は人種差別主義者のステレオタイプをからかう人種差別主義者である、なぜなら自分を馬鹿真面目に捉えていないからだ」。

「勿論これは策略で、私は本当にユダヤ人にガスで攻撃したい。でもそれは大したことではない」。


トランプが気性においても、習癖においてもトロールであることは言うまでもない。彼のツイートや即興の愚弄は、トロールの本質そのものだ。その嘘、嘲笑、ののしり、嘲り、過激に無理な推論は、自己設定した覆いの中に引きこもり、注目を切望し、それを得るために敵へのバッシングや侮辱と恐怖を軌跡に残す、怒りっぽく孤立した、深い自己陶酔に陥った、未熟な人間のものである。大統領になってからも、彼は無礼な言葉やフェイクニュース、不誠実な暗示をツイートしたり、リツイートしたりと個人や制度に対する荒らし行為を続けている。二〇一七年のクリスマスイブに彼はCNNと示された血痕が彼の靴裏についている画像をリツイートし、再び報道機関を中傷した。[*13] 二〇一三年に、あるツイッター・ユーザーに「全ツイッター上で最も偉大なトロール」と呼ばれたトランプは「非常な褒め言葉だ！」と返した。

暴露的な二〇一七年の著書『バノン――悪魔の取引』でジャーナリストのジョシュア・グリーンはゲーマーゲートの直後に、スティーブン・バノンが大勢のゲーマーをブライトバートに雇ったと報じた。[*14] 若い、疎外された、主に白人の男性たちだ。当初は多くが特定のイデオロギーへ傾いていなかったものの、彼らはエスタブリッシュメントに対して爆弾を投げつけることを熱望しており、トランプを一種の同志として捉えた。「トランプ自身」とグリーンは書く。「スタッフが主張するところによると『常にうっかり』、白人優位主義者のツイッター・アカウントからカエルのペペの画像や公文書簡をリツイートすることで、オルタナ右翼との同盟を固めることに貢献した」。

もう一つの事実を促進するのは、会話に別の視点を足しているだけだ、もはや客観的な真実などなく、異なる認識とプロットしかないのだと、相対主義的な理論を用いるトロールもいる。彼らは明らかに悪意をもってポストモダン的な主張を使用しているわけだが、その不正直さは実のところ、ポール・ド・マンの擁護者が彼の反ユダヤ主義を弁明するうえで、四〇年代に親ナチスの媒体に掲載された記事が額面通りの意味ではないとして脱構築主義を援用したのと変わらない。

実のところ、脱構築主義とは非常にニヒルである。注意深く証拠を収集し吟味することで入手可能な最良の真実を突き止めようとするジャーナリストや歴史家の試みが、空虚であるとほのめかしている。また理性は時代遅れの価値である、言語とはコミュニケーションのツールではなく、絶えず自らを混乱させる当てにならないインターフェースだと示唆している。脱構築主義の支持者たちは、著者の意図がテキストに意味を与えると信じておらず（それは読者や視聴者など受け手次第だと彼らは考える）、多くのポストモダン主義者は個人責任という概念が過大評価されているとまで言う。学者のクリストファー・バトラーの言葉を借りるならば、それは「内在する経済的構造の役割よりも、個人的自律の重要性を優先させる、遥かに小説風でブルジョワ的な信念」を奨励する。[*15]

ポストモダニズムが欧州と米国で勢いづいた六〇年代、それは反権威主義的な理論だった。古い人文学的伝統の転覆を提案しており、その皮肉、自意識過剰、風刺といった教義がポピュラー文化へ浸透するに従って、デイヴィッド・フォスター・ウォレスが九〇年代初頭に考察した通り、『ビーバーちゃん』的な五〇年代の世界の偽善と自己満足に対する毒消しとして見られた。[*16] 世の中がますます不条理に思える時代において、旧態じみた敬虔さや因習を論破するうえで「異端児の」手法だった。それはまた、ウォレス自身の『インフィニト・ジェスト』のような真に革新的で大胆な芸術にも繋がった。

現代文化をめぐる長文エッセイを通じてウォレスは、ポストモダンの皮肉が物事を爆破するうえで強力な道具となり得る一方で、本質的には「批判的で破壊的な」論理であると論じた。障害物を排除するには有益だが、「暴露した偽善に取って代わる何かを構築するには」、きわだって「使い物にならない」と。シニシズムの普及は物書きを誠意や「オリジナリティ、高潔、誠実といった昔風の価値観」から遠ざけると彼は記した。「嘲りを頻発する者にとって嘲りからの盾となり」「未だに時代遅れの見せかけに騙される大衆の上を行く、嘲りの後援者を」祝福する。「発言が真意でない」という態度は、自分たちが偏狭なのではなく、ただのジョークだと装うオルタナ右翼のトロールに採用されることになる。

ポストモダン的な皮肉の有毒性の象徴として、一九九三年にウォレスが言及した有名人のうち二人は、今となってはトランプの先触れとして見ることができる。一人目は八〇年代の冗談じみたいすゞの車CMのスター、ジョー・イスズだ。彼は「愛想の良すぎる、悪魔のような外見のセールスマンで」ウォレスの記述によると「いすゞの純正リャマ革張りの椅子と水道水で走る能力について大ぼらを吹く」のだった。詐欺的なセールスマンのパロディで、視聴者に対して「からかいを見破った自分を褒めるよう」促す。ジョー・イスズは「誓います！」という表現を好み、彼の自慢の一場面に無音の断り書きが字幕として流れるのだった。[*17]「彼は嘘をついている」。九〇年代のポストモダン的皮肉の例としてウォレスが挙げた二人目の有名人は、彼が「ウィンクをして人を軽くつついてふざけたふりをする類の憎しみ」を具現化するとして描写するラッシュ・リンボーだった。

ポストモダニズムからしたたり落ちた遺産は「風刺、シニシズム、度を越したアンニュイ、あらゆる権威に対する不信、行動に対するあらゆる制御への不信、診断し嘲笑うだけでなく救済するという願望の代わりに、皮肉な不快感の診断を下す酷い傾向だ。こうしたものが既に文化に浸透していることを理解しなければならない。我々の言語となってしまった」とウォレスは主張した。「ポストモダン的皮肉は我々の環境となった」。我々が泳ぐ水そのものなのである。

おわりに

洞察の鋭い一九八五年の著書『愉しみながら死んでいく』を通じて、ニール・ポストマンは「電気プラグが可能にしたテクノロジーによる気晴らし」が私たちの文化的会話を永久に塗り替えていると論じた。[*1] それは、より些細な、取るに足らぬものになり、伝達される情報も「単純に割り切った、実質のない、非歴史上の、文脈のないものに、つまりエンタテインメントとして梱包された情報」と化していると。

「我々の聖職者や大統領、外科医や弁護士、教育者やニュースキャスターたちは」とポストマンは書いた。[*2]「自らの専門分野の要求よりも演出術を気にかけるようになっている」。

「電気プラグ」とはテレビを指していたが、ポストマンの考察はインターネット時代にもっとぴったり当てはまる。データ過多により、最も明るく光るもの、すなわち最も大きな声または最も常軌を逸脱した意見が私たちの注意を引き、最も多くのクリックと熱狂を獲得するようになった。『愉しみながら死んでいく』でポストマンは、オルダス・ハクスリーが『すばらしい新世界』で描いたディストピア図（薬物と軽薄なエンタテインメントで麻痺した人々が催眠性の人生を送る）と、ジョージ・オーウェルが『一九八四年』で創作した世界（人々はビッグブラザーの抑圧的な専制支配の下で暮らす）とを比較した。

「オーウェルは我々から情報を奪う者を恐れた」とポストマンは記した。[*3]「ハクスリーは、我々が受動性とエゴイズムに陥るまでに多くを与える者を恐れた。オーウェルは真実が我々から隠されることを危ぶんだ。ハクスリーは無意味な物だらけの海に真実が溺れることを危ぶんだ」。

ポストマンが言うには、ハクスリーのディストピアは二〇世紀後半に既に実現しつつあった。全体主義国家に対するオーウェルの懸念がソ連に当てはまる一方で、西側のリベラル民主主義国家への脅威（これが一九八五年のことだったと覚えておいてほしい）は「あからさまにつまらない事柄」によって麻痺するあまりに、責任ある市民として関与できない人々をめぐるハクスリーの悪夢によって象徴されているとポストマンは主張した。[*4]

ポストマンによるこれらの考察は時代を先取りしており、ジョージ・ソーンダーズによって繰り返されることになる。二〇〇七年のエッセイ『*The Braindead Megaphone*（脳死のメガホン）』で彼は、全国規模の会話がO・J・シンプソンやモニカ・ルインスキーを扱う長年の報道によって危険なほど堕落したと論じた。[*5]我々の国単位の言語は俗物化され、同時に「攻撃的で、不安を呼び起こし、感傷的で、対立を煽る」あまり、イラクを侵略しようかと真剣な議論を試みる時が訪れた頃には「我々は無防備だった」と彼は述べた。我々が手にしていたのは「O・Jなどを論じるために使っていた未熟で誇張的な道具一式」だけだった。それは彼がメガホン男と呼ぶ、耳障りな知ったかぶりの何も分かっていない人物が叫ぶ戯言（たわごと）だ。そのハンドマイクは知能レベルが「バカ」、音量が「すべての他者をかき消す」に設定されている。

しかし、ハクスリーに関するポストマンの考察にいくら先見の明がある（そしてハクスリーが私たちの気晴らしの新時代を予知していた）とはいえ、彼がオーウェルのディストピアの実際的な重要性を過小評価していたことも明らかだ。あるいは、トランプとその政権が真実の概念そのものに対して犯す攻撃が『一九八四年』を再びタイムリーにしているのかもしれない。読者もこれを認識し、トランプ就任の月に『一九八四年』とハンナ・アーレントの『全体主義の起源』をベストセラー・リストへ押し上げた。[*6]

トランプの嘘、現実を再定義する試み、規範や規則や伝統への違反、ヘイトスピーチの主流化、報道機関、司法府、選挙制度に対する攻撃。これらすべてが、民主主義の監視団体フリーダム・ハウスがトランプ政権の一年目が「米国自身の民主的基準の、記憶の限り最も深く速い低下」をもたらしたと忠告した理由だ。[*7] これらすべてが、ビッグブラザーがあらゆる物語を支配し現在と過去を定義しようと試みる、オーウェルの描いた全体主義国家の図が新たに現実味を帯びている理由でもある。

トランプはしばしば「犬と横たわる者はノミだらけで起き上がる」〔仲間には影響を受けるので注意深く吟味すべき〕、または「ある人が、自分が何者かを語るとき、それを信じよ」などといった、教訓が判読しやすいイソップ的な寓話の主人公に思える。しかし、米大統領であるだけに、彼の行動は単なる寓意の結び文句にとどまらない。有毒な津波のように外へと波及し、何百万もの人々の生活を破壊する。米国の諸制度や外交政策に彼が及ぼした被害を修復するには、彼が役職を離れてから何年もかかるだろう。そして、彼の選出が派閥政治の拡大、ソーシャルメディア上の多量の偽の記事、フィルター・バブルによる孤立といった、社会におけるより広い力学を反映したという意味では、彼が舞台から去ったからといって真実が健康と福利を回復するわけではない。少なくともすぐには。

　フィリップ・ロスは「米国に降りかかる二一世紀の大惨事、最も価値を下げる災難」が「自慢げな愚か者という不吉に滑稽なコンメディア・デッラルテ的人物」の形で現れるとは想像だにしなかったと語った。[*8] トランプのばかばかしさ、何もかもを自分の話にするナルシシスト的な能力、その嘘の非常識さ、そして無知の深さは、彼の物語のより尾を引く影響から注意を逸らしがちだ。共和党議員がいかにたやすく彼を支援し、建国者たちが打ち立てた権力の抑制と均衡という概念そのものを切り崩したのか。憲法に対する彼の襲撃を国の三分の一が受動的に容認したこと。歴史と公民の教育が深刻に衰退した文化において、ロシアの偽情報がいかに容易に根付いたことか。

　一七九六年にジョージ・ワシントンが表明した告別の辞には、米国が今直面している危険について不気味に千里眼が働いていた。未来を守るために、この若き国は憲法を擁護し、彼自身と他の建国者が注意深く練り上げた政府内における三権分立を妨害しようとする試みに対して警戒しなければならないと彼は語った。

　ワシントンは「人民の権力を蝕み」「政府の制御を自分たちのために強奪したうえで、自らを不当な統治に据えた原動力そのものを後に破壊する」ことを試みるかもしれない「狡猾で大望に燃える、道徳観念のない人々」の台頭に対して警鐘を鳴らした。[*9]

彼は「外国の影響の権謀術数に長けた策略」および米国の「権益を売り渡したり抛（なげう）ったりする」ために、ひいきの外国勢力に献身するかもしれない「野心的、堕落した、または惑わされた市民」の危険について予告した。

そして最後に、ワシントンは「根拠のない嫉妬や思い過ごし」を通じて闘争を招きがちな「繰り返される政党精神の害」と派閥主義（東対西、北対南、州対連邦）が、国の結束に対して引き起こす危難について戒めた。市民は「我々の国のいかなる一部をも他より疎外しようとする、またはさまざまな構成部分を今繋ぎ止めている尊い絆を弱めようとする、あらゆる試みの最初の発端」に対して憤然と眉をひそめよと彼は説いた。

米国建国の世代は「共通の善」について頻繁に言及した。ワシントンは市民に彼らの「共通の関心事」、「共通の利益」、皆が独立戦争で掲げた「共通の大義名分」について思い起こさせた。さらにトーマス・ジェファーソンは就任演説で、若き国が「共通の善に向けた共通の取組み」において団結することを語った。[*10] 共通の目的と共有された現実感覚が重要だったのは、異なる州や地域を結びつけるためで、全国規模の会話を繰り広げるために現在も必要だ。とりわけ今日、トランプ大統領やロシアとオルタナ右翼のトロールが人種、民族、宗教の違いをめぐり、人々や、赤い州と青い州、小さな町と大都市との間の分断を焚きつけ、ワシントンが注意を喚起した派閥主義を煽ろうとしている国においては尚更だ。

簡単な解決策などない。しかしながら、独裁者や権力を渇望する政治家が反抗を蝕むために頼るシニシズムと諦めに、市民が抵抗することは不可欠だ。フロリダ州パークランドで虐殺を生き延びた、希望を与える生徒たちは、まさにそれを成し遂げた。多くの大人たちの諦観を拒絶し、悲しみを行動へ移し、彼らは全国的な対話を推移させ、自分たちが経験した恐怖と喪失を他者が被ることを防ぎ得る、本当の銃規制政策を求める運動を先導している。

同時に、市民は建国者たちが作り上げた制度を民主主義の屋根を支える柱として捉え、保護しなければならない。ワシントンの言葉を借りれば互いに「相補的な抑制」として機能するよう考案された行政府、立法府、司法府という政府の三つの部門、および指導者を賢く選出する知識を備えた社会の創出に決定的だと建国者が合意したもう二つの礎石、教育と自由で独立した報道機関だ。[*11]

ジェファーソンは、若い共和国が「人間は理性と真実によって支配され得る」という定理を根拠に置いている以上、私たちの「第一の目的は、人々が真実を入手するためのあらゆる手段を確保しておくことだ。今のところ最も効果的だと証明されているのは、報道の自由だ。それだけに、己の行動の調査を怖れる者によって最初に封じられる対象でもある」と書いた。[*12]「よって私は確かだと考える」とジェファーソンは続けた。「我々の後継者が投票による支持を得たとして人民を束縛することを防ぐために、我々が後継者の手にかけられる最も効果的な手錠は、真実の扉を開き、すべてを理性によって試す習慣を強化することだ」と。

第四代大統領ジェームズ・マディソンは幾分より簡潔に述べた。[*13]「大衆向けの情報や情報入手手段なしの大衆的な政府は、喜劇か悲劇の序幕でしかない。あるいは、その両方かもしれない」。共和党の事実や民主党の事実、または今日の地下室の世界におけるもう一つの事実ではなく、一般的に受け入れられた事実なしには、政策をめぐる理性的な議論はできない。政治的役職への候補者を評価する実質的な方法も、公選された公務員に対して人々への説明責任を問う術もない。真実抜きには、民主主義は制限される。建国者たちはこれを突き止めていた。今日、民主主義の存続を求める者も、これを認識せねばならない。

原註

はじめに

＊1　ハンナ・アーレント『新版　全体主義の起源3　全体主義』大久保和郎・大島かおり訳、みすず書房、二〇一七年

＊2　マーガレット・アトウッド「私のヒーロー　ジョージ・オーウェル」ガーディアン紙、二〇一三年一月一八日

＊3　ハンナ・アーレント「政治における嘘」『暴力について』山田正行訳、みすず書房、二〇〇〇年所収

＊4　ジェニファー・カヴァナフ、マイケル・D・リッチ「真実の衰退　米国社会における、縮小する事実と分析の役割の初期調査」ランド研究所、二〇一八年

＊5　グレン・ケスラー、メグ・ケリー「トランプ大統領は就任一年目に二一四〇もの虚偽または誤解を招く発言をした」ワシントン・ポスト紙、二〇一八年一月二〇日

＊6　アヌーシュ・チャケリアン「ボリス・ジョンソン、NHSに三億五〇〇〇万ポンドという離脱運動の空想を復活させる」ニュー・ステイツマン誌、二〇一七年九月一六日

＊7　ローマ教皇フランシスコ「世界広報の日のための神聖なローマ教皇フランシスコの声明」二〇一八年一月二四日

＊8　ジェシカ・エステパ、グレゴリー・コルテ「オバマがデヴィッド・レターマンに語る　人々は何が事実かをめぐって、もはや合意していない」USAトゥデイ紙、二〇一八年一月一二日

＊9　「トランプを批判するジェフ・フレイク上院議員の演説を読め」CNNポリティクス、二〇一八年一月一七日

＊10　フィリップ・バンプ「メディアがトランプの選出を促進したというクリントンの主張を検証する」ワシントン・ポスト紙、二〇一七年九月一二日

＊11　マギー・ヘイバーマン、グレン・スラッシュ、ピーター・ベーカー「トランプの自己保存の戦いの一刻一刻」ニューヨーク・タイムズ紙、二〇一七年一二月九日

＊12　デイヴィッド・バーストー「ドナルド・トランプの取引は真実についての欺瞞に依存している」ニューヨーク・タイムズ紙、二〇一六年七月一六日

＊13　「米国のオリジナル」ヴァニティ・フェア誌、二〇一〇年一一月

＊14　サリー・イエーツ「我々はどのような国なのか？　決定する時だ」USAトゥデイ紙、二〇一七年一二月一九日

第一章

＊1　https://www.youtube.com/watch?v=IxuuIPcQ9_I

＊2　アブラハム・リンカーン「我々の政治的機構を永続させるために」イリノイ州スプリングフィールドの文化会館での演

説、一八三八年一月二七日

*3 アレクサンダー・ハミルトン「政府の運営についての異論と返答」一七九二年八月一八日

*4 マーティン・ルーサー・キング・ジュニア「自由へ向かって歩む」、ジェイムズ・M・ワシントン編集『*A Testament of Hope: The Essential Writings and Speeches of Martin Luther King Jr.*（希望の証拠　マーティン・ルーサー・キング・ジュニアの主要な著作と演説）』一九九一年より

*5 バラク・オバマ「私がリンカーンの目に見るもの」CNN、二〇〇五年六月二八日

*6 ジョージ・ワシントン、就任演説。一七八九年四月三〇日

*7 フィリップ・ロス『*American Pastoral*（アメリカン・パストラル）』一九八八年

*8 リチャード・ホフスタッター『*The Paranoid Style in American Politics: and Other Essays*（米国政治におけるパラノイアの潮流および他のエッセイ）』一九六五年

*9 同

*10 「マッカーシーとウェルチとのやりとり」一九五四年六月九日

*11 マッカーシーからトルーマンへの電報、一九五〇年二月一一日

*12 前掲『米国政治におけるパラノイアの潮流および他のエッセイ』

*13 ブリタニカ百科事典

*14 前掲『米国政治におけるパラノイアの潮流および他のエッセイ』

*15 イシャーン・サルール「ヘルト・ウィルダースと白人ナショナリズムの主流化」ワシントン・ポスト紙、二〇一七年三月一四日。エリザベス・ゼロフスキー「欧州のポピュリストたちがナショナリストの春に備える」ニューヨーカー誌、二〇一七年一月二五日。ジェイソン・ホロウィッツ「反移民の怒りが煮えたぎる中、イタリアのポピュリストたちが圧力を加える」ニューヨーク・タイムズ紙、二〇一八年二月五日

*16 エド・バラード「テロ、ブレグジット、米大統領選が二〇一六年をイェイツの年にした」ウォール・ストリート・ジャーナル紙、二〇一六年八月二三日

*17 ウィリアム・バトラー・イェイツ『再臨』

*18 「ティーパーティ運動は陰謀論に満ちている」ニューズウィーク誌、二〇一〇年二月八日

*19 アリエル・マルカ、ヤフタク・レルクス「新たな調査で共和党支持者の半数がトランプが二〇二〇年の大統領選の延期を提案したならば賛成すると答える」ワシントン・ポスト紙、二〇一七年八月一〇日

＊20 メリッサ・ヒーリー「『不正な』選挙にとどまらない　幅広い政治信条の有権者が陰謀論を信じている」ロサンゼルス・タイムズ紙、二〇一六年一一月三日。シャンカー・ヴェダンタム「あなたが思うより多くの米国人が陰謀論を信じている」NPR、二〇一四年六月四日

＊21 エリック・ブラドナー「九・一一の真相を主張する人物の『見事な』評判をトランプが称賛する」CNNポリティクス、二〇一五年一二月二日

＊22 マギー・ヘイバーマン、マイケル・D・シアー、グレン・スラッシュ「スティーブン・バノン、波乱に満ちた成り行きの末ホワイトハウスを去る」ニューヨーク・タイムズ紙、二〇一七年八月一八日

＊23 前掲「トランプの自己保存の戦いの一刻一刻」

＊24 グレッグ・ミラー、グレッグ・ジャフ、フィリップ・ラッカー「諜報を疑うトランプはプーチンを追い、ロシアの脅威を未確認のままにする」ワシントン・ポスト紙、二〇一七年一二月一四日。キャロル・D・レオニグ、シェーン・ハリス、グレッグ・ジャフ「伝統から離れ、トランプは大統領向けの書面の諜報報告書を飛ばし、口頭での報告に頼る」ワシントン・ポスト紙、二〇一八年二月九日

＊25 チャーリー・ワーゼル、ラム・タイ・ヴォ「ドナルド・トランプのニュース源」バズフィード、二〇一六年一二月三日、ディーン・オベイダラ「トランプ、決定について語ったうえでナショナル・インクワイアラーを引用する」CNN、二〇一六年五月四日

＊26 前掲「トランプの自己保存の戦いの一刻一刻」

＊27 アレックス・トムソン「トランプは一日二回、自身についての肯定的なニュースを集めたフォルダを受け取る」ヴァイス・ニュース、二〇一七年八月九日

＊28 ベンジャミン・ハート「国務省の空席について　トランプ『重要なのは俺だけだ』と述べる」ニューヨーク紙、二〇一七年一一月三日。ビル・シャッペル「『重要なのは俺だけだ』とトランプは国務省の空席について言った」NPRの番組「ザ・トゥー・ウェイ」二〇一七年一一月三日

＊29 リディア・サアド「銃の販売規制を米国人は広く支持する」ギャラップ、二〇一七年一〇月一七日

＊30 マックス・グリーンウッド「世論調査　一〇人に九人近くがDACA授与者に米国に残ってほしいと考えている」ヒル紙、二〇一八年一月一八日

＊31 ハーパー・ニーディグ「世論調査―有権者の八三パーセントが連邦通信委員会によるネット中立性の維持を支持する」ヒル紙、二〇一七年一二月一二日。セシリア・カン「連邦通信委員会がネット中立性を撤回」ニューヨーク・タイムズ

紙、二〇一七年一二月一四日

＊32 スーザン・ジェイコビー『*The Age of American Unreason*（米国の非理性の時代）』二〇〇八年、ファルハド・マンジュー『*True Enough: Learning to Live in a Post-Fact Society*（十分に正しい　ポスト事実の社会を生きる方法）』二〇〇八年、アンドリュー・キーン『*The Cult of the Amateur: How Today's Internet Is Killing Our Culture*（アマチュアのカルト　今日のインターネットが我々の文化を殺しゆく様子）』二〇〇七年

＊33 前掲『米国の非理性の時代』

＊34 同

＊35 アル・ゴア『理性の奪還』竹林卓訳、武田ランダムハウスジャパン、二〇〇八年

＊36 同

＊37 ミチコ・カクタニ「確執や失敗がいかに米国の諜報に影響したか」ニューヨーク・タイムズ紙、二〇〇四年六月一八日。ミチコ・カクタニ「大統領のすべての本（歴史のなぜや理由に注意を払いながら）」ニューヨーク・タイムズ紙、二〇〇六年五月一一日。ジュリアン・ボーガー「戦争を推進したスパイたち」ガーディアン紙、二〇〇三年七月一七日。ジェイソン・ヴェスト、ロバート・ドレイファス「嘘の工場」マザー・ジョーンズ、二〇〇四年一／二月。シーモア・M・ハーシュ「選択的知能」ニューヨーカー誌、二〇〇三年五月一二日。ミチコ・カクタニ「物議を醸す報告書が知識として受け入れられる」ニューヨーク・タイムズ紙、二〇〇四年四月二八日。ダナ・ミルバンク、クローディア・ディーン「九・一一とフセインとの繋がりが多くの記憶に残っている」ワシントン・ポスト紙、二〇〇三年九月六日

＊38 前掲「大統領のすべての本（歴史のなぜや理由に注意を払いながら）」

＊39 ケン・アデルマン「イラクでのたやすい仕事」ワシントン・ポスト紙、二〇〇二年二月一三日

＊40 ミチコ・カクタニ「計画から戦闘、そして占領まで、なぜイラクは失敗だったのか」ニューヨーク・タイムズ紙、二〇〇六年七月二五日

＊41 ユージーン・カイリー「ドナルド・トランプとイラク戦争」ファクトチェック・オルグ、二〇一六年二月一九日

＊42 フィリップ・ルッカー、ロバート・コスタ「『官僚国家の解体』のための闘争の日々をバノンが誓う」ワシントン・ポスト紙、二〇一七年二月二三日

＊43 ヴィクター・チャ「北朝鮮に『鼻血』を与えるのは米国人にとって巨大なリスクをもたらす」ワシントン・ポスト紙、二〇一八年一月三〇日

＊44 ビル・シャッペル「ギャラップ社の調査において、米国のリーダーシップに対する世界の評価が史上最低を記録する」

＊45　NPR、二〇一八年一月一九日。ローラ・スミス＝スパーク「トランプの就任一年目の後、米国は世界リーダーシップ調査で衰退する」CNN、二〇一八年一月一八日

＊46　ミチコ・カクタニ「アマチュアのカルト」ニューヨーク・タイムズ紙、二〇〇七年六月二九日

＊47　トム・ニコルズ『*The Death of Expertise: The Campaign Against Established Knowledge and Why It Matters*（専門性の終わり　確立された知識に対する反対運動と、その意義）』二〇一七年

＊48　同

＊49　カルロス・バレステロス「トランプは空前の速度で不適任な裁判官を任命している」ニューズウィーク誌、二〇一七年一一月一七日。ポール・ワルドマン「ドナルド・トランプは米国の歴史上最悪の内閣を組織した」ザ・プラムライン（ブログ）、ワシントン・ポスト紙、二〇一七年一月一九日。トラヴィス・ワルドロン、ダニエル・マランス「ドナルド・トランプの内閣は近代史で最も経験値の浅いものになりそうだ」ハフィントン・ポスト、二〇一六年一一月二四日

＊50　トム・ディクリストファー「二〇一九年度予算においてトランプは再びクリーン・エネルギーへの予算を削減しようとする」CNBC、二〇一八年一月三一日

＊51　ブレイディ・デニス「同庁の長年の敵対者スコット・プルイット、環境保護庁長官に任命される」ワシントン・ポスト紙、二〇一七年二月一七日。ウマイル・イルファン「スコット・プルイットは徐々に環境保護庁を妨げている」ヴォックス、二〇一八年三月八日

＊52　アラン・ラッペポルト「超党主義を重視する議会予算局長、共和党による攻撃の中で仕事を見つける」ニューヨーク・タイムズ紙、二〇一七年六月一九日。スティーヴン・ラトナー「トランプが嫌悪する、退屈な小さな予算局」ニューヨーク・タイムズ紙、二〇一七年八月二二日

＊53　リナ・H・サン、ジュリエット・エイルパーリン「疾病予防管理センターが禁止用語のリストを受け取る　胎児、トランスジェンダー、多様性」ワシントン・ポスト紙、二〇一七年一二月一五日

＊54　ジョージ・オーウェル『一九八四年』高橋和久訳、早川書房、二〇〇九年

＊55　リサ・フリードマン「シリアがパリ気候協定に参加し、反対派は米国だけになる」ニューヨーク・タイムズ紙、二〇一七年一一月七日

＊56　リサ・フリードマン「二〇一八年には環境をめぐる戦いが『より一層重要』になることが予想される」ニューヨーク・タイムズ紙、二〇一八年一月五日

「トランプ大統領が仕掛ける、科学に対する戦争」ニューヨーク・タイムズ紙、二〇一七年九月九日。憂慮する科学者

＊57 同盟「科学に対する攻撃」。ターニャ・ルイス「トランプ一年目　科学は混乱の新たな政治における主要な犠牲者だ」サイエンティフィック・アメリカン誌、二〇一七年一二月一四日。ジョエル・アッヘンバッハ、リナ・H・サン「トランプは科学と医療研究、疾病予防における大規模な予算削減を求める」ワシントン・ポスト紙、二〇一七年五月二三日。ジュリア・ベルズ「共和党の税制法案は米国の科学に穴を開けるものだ」ヴォックス、二〇一七年一二月一一日

＊58 ブレイディ・デニス「トランプの予算は環境保護庁に二三パーセントの削減を求め、何十ものプログラムを消去する」ワシントン・ポスト紙、二〇一八年二月一二日

＊59 「世界各地のデモ参加者、科学のために抗議活動に参加する理由を我々に語る」サイエンス誌、二〇一七年四月一三日

＊60 「EU離脱は大学と研究にどのような影響を与えるのか」ブレグジットが意味するところ（ポッドキャスト）ガーディアン紙、二〇一七年九月一三日

＊61 前掲「世界各地のデモ参加者、科学のために抗議活動に参加する理由を我々に語る」

＊62 シュテファン・ツヴァイク『昨日の世界』I～II、原田義人訳、みすず書房、一九九九年

＊63 同

＊64 同

＊65 同

＊66 同

＊67 同

第二章

＊1 デイヴィッド・リーマン『*Signs of the Times: Deconstruction and the Fall of Paul de Man*（時代の微候―脱構築とポール・ド・マンの没落）』一九九一年、ミチコ・カクタニ「何百万もの小さな形で真実を曲げる」ニューヨーク・タイムズ紙、二〇〇六年一月一七日も参照

＊2 デイヴィッド・フォスター・ウォレス「ホスト　政治を扱う玉砕戦法的なラジオのトーク番組という貪欲な世界の深みへ」アトランティック誌、二〇〇五年四月

＊3 スティーブン・コリンソン、ジェレミー・ダイアモンド「トランプが再び『ディープ・ステート』司法省と対立する」CNNポリティクス、二〇一八年一月二日

＊4 ドナルド・J・トランプ「ウィスコンシン州ワウクシャのワウクシャ郡万博センターでの集会での発言」二〇一六年九

月二八日。ガーハード・ピーターズ、ジョン・T・ウーリー『*The American Presidency Project*（米国大統領プロジェクト）』
*5 ベン・イリング「トランプはポピュリストとして選挙活動を行った。エリート主義者として統治している。彼が初めてのことではない」ヴォックス、二〇一七年六月二三日
*6 アンドリュー・マランツ「トランプを支持するトロール」ニューヨーカー誌、二〇一六年一〇月三一日
*7 クリストファー・バトラー『*Postmodernism*（ポストモダニズム）』二〇〇二年
*8 アンドリュー・ハートマン『*A War for the Soul of America: A History of the Culture Wars*（米国の魂をめぐる戦い 文化戦争の歴史）』二〇一五年
*9 イシャーン・サルール「フクヤマの『歴史の未来』 リベラル民主主義は破滅する運命にあるのか」タイム誌、二〇一二年二月八日
*10 フリーダム・ハウス「世界における自由二〇一七年」フリーダムハウス・オルグ
*11 イシャーン・サルール「『歴史の終わり』を宣言した男が民主主義の将来を憂う」ワシントン・ポスト紙、二〇一七年二月九日
*12 ジャスミン・C・リー、ケヴィン・クイーリー「ドナルド・トランプがツイッター上で侮辱した四二五の人、場所、物完全版」ニューヨーク・タイムズ紙、二〇一八年一月三日
*13 ドニー・オサリバン「ロシアのトロールは三〇万人を超えるフェイスブックのユーザーに閲覧されたイベントを捏造した」CNN、二〇一八年一月二六日
*14 ウィリアム・J・バーバー、ジョナサン・ウィルソン＝ハートグローヴ「福音主義者たちはトランプの不倫疑惑を擁護する。しかし彼の米国に対する裏切りの方がもっと酷い」NBCニュース、二〇一八年一月三〇日
*15 ジェニファー・ハンスラー「保守派の福音主義指導者 トランプは行いについて『マリガン』を得る」CNN、二〇一八年一月二三日
*16 アラン・ブルーム『アメリカン・マインドの終焉』菅野盾樹訳、みすず書房、二〇一六年
*17 ガートルード・ヒメルファーブ『*On Looking into the Abyss: Untimely Thoughts on Culture and Society*（深淵を覗き込む─文化と社会をめぐる時期外れの考察）』一九九四年
*18 ジョイス・アップルビー、リン・ハント、マーガレット・ジェイコブ『*Telling the Truth About History*（歴史について真実を語る）』一九九四年
*19 ショーン・オットー『*The War on Science: Who's Waging It, Why It Matters, What We Can Do About It*（科学に対する戦争─誰が仕

掛けているのか、意義は何なのか、我々には何ができるのか）』二〇一六年
＊20 同
＊21 ジョージ・オーウェル「スペイン内戦を振り返って」『カタロニア讃歌』橋口稔訳、筑摩書房、一九七〇年所収
＊22 デボラ・E・リップシュタット『*Denying the Holocaust: The Growing Assault on Truth and Memory*（ホロコーストの否定―真実と記憶に対する勢いを増す攻撃）』一九九三年。ミチコ・カクタニ「歴史が犠牲者になるとき」ニューヨーク・タイムズ紙、一九九三年四月三〇日参照
＊23 ミチコ・カクタニ「主要な文芸評論家の親ナチス的過去」ニューヨーク・タイムズ紙、一九九一年二月一九日
＊24 ジョン・ウィーナー「ド・マンを脱構築する」ネーション誌、一九八八年一月九日。ロバート・アルター「ポール・ド・マンは完全なる詐欺師だった」ニュー・リパブリック誌、二〇一四年四月五日。エヴェリン・バリッシュ『*The Double Life of Paul de Man*（ポール・ド・マンの二重生活）』二〇〇一年
＊25 前掲『ポール・ド・マンの二重生活』。ジェニファー・シュエスラー「スキャンダルによって素顔を晒された学者を再訪する」ニューヨーク・タイムズ紙、二〇一四年三月九日。ルイス・メナンド「ド・マンの事件」ニューヨーカー誌、二〇一四年三月二四日
＊26 前掲『時代の徴候―脱構築とポール・ド・マンの没落』
＊27 同
＊28 前掲「主要な文芸評論家の親ナチス的過去」。ポール・ド・マン「現代文学におけるユダヤ人」ル・ソワール、一九四一年三月四日、マーティン・マックィラン『ポール・ド・マンの思想』土田知則訳、新曜社、二〇〇二年より
＊29 前掲「主要な文芸評論家の親ナチス的過去」
＊30 前掲『時代の徴候―脱構築とポール・ド・マンの没落』
＊31 同
＊32 デイヴィッド・ブランストロム「トランプとの会談を前に、選挙活動中のレトリックを文字通り受け止めぬよう安倍首相は忠告される」ロイター通信、二〇一六年一一月一五日
＊33 ジョナ・ゴールドバーグ「トランプを真剣に受け止めるが、文字通りには受け止めるなと？　一体どうしろというのか？」ロサンゼルス・タイムズ紙、二〇一六年一二月六日

第三章
＊1 ジェイムズ・モットラム「スパイク・ジョーンズのインタビュー、『her／世界でひとつの彼女』は私にとって『男の子

がコンピュータに出会う』映画だ」インディペンデント紙、二〇一四年一月三一日
＊2　クリストファー・ラッシュ『ナルシシズムの時代』石川弘義訳、ナツメ社、一九八一年
＊3　同
＊4　トム・ウルフ『「ミー」の一〇年と第三の大覚醒』ニューヨーク誌、一九七六年八月二三日
＊5　ティム・ウー『*The Attention Merchants: The Epic Scramble to Get Inside Our Heads*（注目の商人―我々の頭の中に入り込もうとする盛大な奪い合い）』二〇一六年
＊6　デイヴィッド・A・ファレンソルド、ロバート・オハロー・ジュニア「トランプ―実話」ワシントン・ポスト紙、二〇一六年八月一〇日。キーラン・ハリッド「トランプ―私の資産価値は自分の気分次第だ」CNNマネー・コム、二〇一一年四月二一日
＊7　スコット・ホースリー「トランプ―プーチンは再び、選挙への介入を否定し、それが彼の本心だと『私は本当に信じている』」ザ・ツーウェイ、NPR、二〇一七年一一月一一日
＊8　書き起こし、CNN、二〇一六年七月二二日
＊9　トクヴィル『アメリカのデモクラシー』第一巻上下、第二巻上下、松本礼二訳、岩波書店、二〇一五年ほか
＊10　ジェイムズ・バロン「見過ごされてきたドナルド・トランプへの影響―有名な牧師と彼の教会」ニューヨーク・タイムズ紙、二〇一六年九月五日。トム・ジェルテン「前向きな思考と繁栄の真理がドナルド・トランプの信条を形成する様子」NPR、二〇一六年八月三日
＊11　タマラ・キース「トランプによる観衆の推定人数には『前向きな思考の力』が働いているかもしれない」NPR、二〇一七年一月二二日
＊12　カーステン・パワーズ「ドナルド・トランプの『より優しい、穏やかな』バージョン」USAトゥデイ紙、二〇一六年四月一一日
＊13　マッケンジー・ウェインガー「アイン・ランドを賞賛した七人の政治家」ポリティコ、二〇一二年四月二六日
＊14　ジョナサン・フリードランド「アイン・ランドの新時代―いかにして彼女はトランプとシリコン・バレーを引き入れたのか」ガーディアン紙、二〇一七年四月一〇日
＊15　フィリップ・ロス「アメリカン・フィクションの執筆」コメンタリー誌、一九六一年五月一日
＊16　トム・ウルフ『*Stalking the Billion-Footed Beast: A Literary Manifesto for the New Social Novel*（一〇億足の獣を追う―新たな社会小説のための文学的マニフェスト）』一九八九年

＊17 「スター委託書より―クリントンの大陪審証言、第四部」ワシントン・ポスト紙、一九九八年九月
＊18 前掲「アメリカン・フィクションの執筆」
＊19 ミチコ・カクタニ「何百万もの小さな形で真実を曲げる」ニューヨーク・タイムズ紙、二〇〇六年一月一七日
＊20 ローラ・バートン「自身の人生を書き換えた男」ガーディアン紙、二〇〇六年九月一五日
＊21 アダム・ベグレー「『私』たちが持っている―デューク大の『わたし』批評家たちが自らを暴露する」リングワ・フランカ誌、一九九四年三／四月
＊22 ミチコ・カクタニ「博学者の時代における意見対現実」ニューヨーク・タイムズ紙、一九九四年一月二八日。ミチコ・カクタニ「近代主義の破滅のもととしての脂肪に対する恐怖」ニューヨーク・タイムズ紙、一九九六年三月一二日
＊23 ミチコ・カクタニ「現実をぼやけさせる自由を主張する伝記作家」ニューヨーク・タイムズ紙、一九九九年一〇月二日
＊24 同
＊25 ミチコ・カクタニ「プラスをめぐる論争において片方の肩を持つ」ニューヨーク・タイムズ紙、一九九四年四月五日。ジャネット・マルカム『シルヴィア・プラス―沈黙の女』井上章子訳、青土社、一九九七年
＊26 サム・ボイド「サラ・ペイリン、インテリジェント・デザインを学校で教えることについて」アメリカン・プロスペクト誌、二〇〇八年八月二九日。マッシモ・ピリウッチ「サラ・ペイリンは特殊創造説主義者なのか？」ライブサイエンス、二〇〇八年九月一日
＊27 ジョン・ティマー「オハイオの学校区は『論争について教えよ』という進化論のレッスン・プランを持つ」アース・テクニカ、二〇一六年五月一八日
＊28 ロージー・グレイ「トランプ、白人ナショナリスト主張者を擁護する―『どちら側にも、とても立派な人々がいる』」アトランティック誌、二〇一七年八月一五日。マーク・ランドラー「シャーロッツビルの暴力について双方が責任を共有するという自らの主張をトランプが復活させる」ニューヨーク・タイムズ紙、二〇一七年九月一四日。ソナム・シース「トランプ、奇妙な記者会見において南軍の将軍ロバート・E・リーとストーンウォール・ジャクソンをジョージ・ワシントンと同等に扱う」ビジネス・インサイダー誌、二〇一七年八月一五日。ダン・メリカ「シャーロッツビルにおける『数多くの側からの嫌悪、偏見そして暴力』を非難する」CNNポリティクス、二〇一七年八月一三日
＊29 ナオミ・オレスケス、エリック・M・コンウェイ『世界を騙しつづける科学者たち』上下、福岡洋一訳、楽工社、二〇一一年
＊30 同

*31 同
*32 同
*33 アリスター・ドイル「科学者たちは地球温暖化について一致していると言い、一般の認識と対立している」ロイター通信、二〇一三年五月一五日。NASA「科学的コンセンサス―地球の気候は温暖化している」。ジャスティン・フォックス「気候変動について九七パーセントのコンセンサス? 複雑なところだ」ブルームバーグ誌、二〇一七年六月一五日
*34 デイヴィッド・ロバート・グライムズ「中立的なジャーナリズムは賞賛に値する。しかし誤ったバランスは危険だ」ガーディアン紙、二〇一六年一一月八日
*35 サラ・ナプトン「BBCのスタッフ、科学番組に似非科学者を招待するのをやめるよう告げられた」テレグラフ紙、二〇一四年七月四日
*36 クリスティアン・アマンプール、バートン・ベンジャミン記念賞の受賞スピーチ、二〇一六年一一月二二日

第四章

*1 フィリップ・K・ディック「電気蟻」『ディック傑作集〈2〉時間飛行士へのささやかな贈物』浅倉久志訳、早川書房、一九九一年所収
*2 クリストファー・イングラム「米国では一日一九人の子供が撃たれる」ワシントン・ポスト紙、二〇一七年六月二〇日
*3 前掲「アメリカン・フィクションの執筆」
*4 サイモン・ケルナー「印象こそが現実だ―来年の総選挙において事実は意味を持たない」インディペンデント紙、二〇一四年一〇月三〇日。ロクシー・サラモン=エイブラムズ「歴史のこだま? 欧州における極右政党の最近の台頭についてのレッスン・プラン」ニューヨーク・タイムズ紙、二〇一七年四月一九日
*5 ローレンス・フリードマン「レーガンの南部政策がティーパーティを招いた」サロン、二〇一三年一〇月二七日
*6 ユージン・カイリー、ロリ・ロバートソン、ロバート・ファーリー「トランプ大統領の就任演説」ファクトチェック・オルグ、二〇一七年一月二〇日。クリス・ニコルズ「だいたい正しい―不法移民は米国市民よりも犯罪を犯す確率が低い」ポリファクト・カリフォルニア、二〇一七年八月三日。アヒラ・サティシュ「ノーベル賞受賞者除外法―未来の天才は申請しないこと」ウォール・ストリート・ジャーナル紙、二〇一七年九月一四日。ラニ・モラ「移民によって設立された米国トップのテクノロジー企業の価値は今や四兆ドル近い」リコード、二〇一八年一月一一日。「ファクト・チェック―ドナルド・トランプの共和党党大会演説、注釈つき」NPR、二〇一六年七月二一日

＊7　ヴィヴィアン・イー「ドナルド・トランプの計算は彼のタワーを新たな高みへ押し上げる」ニューヨーク・タイムズ紙、二〇一六年一一月一日。マーク・フィッシャー、ウィル・ホブソン「ドナルド・トランプは自分について自慢するために広報担当者に成りすました」ワシントン・ポスト紙、二〇一六年五月一三日。デイヴィッド・バーストー「ドナルド・トランプの取引は真実についての欺瞞に依存している」ニューヨーク・タイムズ紙、二〇一六年七月一六日。前掲「トランプ─実話」

＊8　アーロン・ウィリアムズ、アヌ・ナラヤンスワミー「トランプが自分の名前を売ることで何百万ドルをも稼いでいる方法」ワシントン・ポスト紙、二〇一七年一月二五日。「失敗に終わった一〇のドナルド・トランプによるビジネス」タイム紙、二〇一六年一〇月一一日

＊9　D・J・ブーアスティン『幻影（イメジ）の時代─マスコミが製造する事実』星野郁美・後藤和彦訳、東京創元社、一九六四年

＊10　同

＊11　ローラ・ブラッドレー「トランプ、まだ自分がプロデューサーであることを忘れシュワルツェネッガーの『有名人の実習生』をバッシングする」ヴァニティ・フェア誌、二〇一七年一月六日

＊12　前掲『幻影の時代』

＊13　同

＊14　同

＊15　ジャン・ボードリヤール『シミュラークルとシミュレーション』竹原あき子訳、法政大学出版局、新装版、二〇〇八年

＊16　「トレーン、ウクバール、オルビス・テルティウス」『伝奇集』所収、鼓直訳、岩波書店、一九九三年ほか

＊17　同

＊18　トマス・ピンチョン『重力の虹』上下、佐藤良明訳、新潮社、二〇一四年

＊19　ブランドン・ハリス「アダム・カーティスの反歴史選集」ニューヨーカー誌、二〇一六年一一月三日

＊20　アリス・マーウィック、レベッカ・ルイス「我々が語らないオンラインの過激化」セレクト・オール、二〇一七年五月一八日

＊21　アリス・マーウィック、レベッカ・ルイス「オンラインにおけるメディア操作とディスインフォメーション」データ・アンド・ソサエティ研究所、二〇一七年五月一五日

＊22　前掲「我々が語らないオンラインの過激化」

＊23　同

＊24　ＢＢＣトレンディング「『ピッツァゲート』一連の出来事―陰謀論がいかに拡散するかを証明するフェイク・ストーリー」ＢＢＣニュース、二〇一六年一二月二日
＊25　アリ・ブレランド「ウォーナーはReddirをロシアによる介入の潜在的標的として見る」ヒル紙、二〇一七年九月二七日。ロジャー・マクナミー「我々が調整されてしまう前に、フェイスブックを直す方法」ワシントン・マンスリー、二〇一八年一／二／三月
＊26　レネー・ディレスタ「ソーシャル・ネットワークのアルゴリズムは陰謀論を後押しすることで現実を歪めている」ファスト・カンパニー、二〇一六年五月一一日

第五章
＊1　ジョン・ル・カレ「我々がドイツ語を学ぶべき理由」ガーディアン紙、二〇一七年七月一日
＊2　ジェームズ・キャロル『*Practicing Catholic*（教えを実践しているカトリック教徒）』二〇〇九年
＊3　ジョージ・オーウェル「政治と英語」『オーウェル評論集2』二〇〇九年所収
＊4　前掲『一九八四年』
＊5　ロジャー・スクルトン「ニュースピーク」『パルグレーブ・マクミラン政治思想辞典』二〇〇七年
＊6　フランソワーズ・トム『*La langue de bois*（木の言語［ぎこちない言語］）』一九八七年
＊7　ジー・フォンユエン『*Linguistic Engineering: Language and Politics in Mao's China*（言語的エンジニアリング―毛沢東の中国における言語と政治）』二〇〇三年。ペリー・リンク「毛沢東の中国―言語ゲーム」ＮＹＲデイリー、二〇一五年五月一五日
＊8　ティモシー・スナイダー「ヒトラー下の欧州における市民生活についての新しい考察」ピーター・フリッツシュ『*An Iron Wind: Europe Under Hitler*（鉄の風―ヒトラー下のヨーロッパ）』の書評、ニューヨーク・タイムズ紙、二〇一六年一一月二二日
＊9　ヴィクトール・クレムペラー『第三帝国の言語〈ＬＴＩ〉』羽田洋・藤平浩之・赤井慧爾・中村元保訳、法政大学出版局、一九七四年
＊10　同
＊11　同
＊12　同
＊13　同

＊14　前掲『一九八四年』
＊15　レベッカ・サヴランスキー「トランプ――『あなた方は米国政治史上最大の魔女狩りを目撃している』」ヒル紙、二〇一七年六月一五日。マイケル・フィネガン「ロシアに対する取り調べへのトランプによる攻撃は米国の民主主義を脅かすと筆者らは語る」ロサンゼルス・タイムズ紙、二〇一八年二月六日。アン・ギーラン「司法とFBIに対するトランプの攻撃は選挙中の『不正なシステム』をめぐる主張を反復するものだ」ワシントン・ポスト紙、二〇一八年二月二日
＊16　ジェシカ・エステパ「『ロケット・マン』だけではない。トランプは敵にあだ名をつける長い歴史を持つ」USAトゥデイ紙、二〇一七年九月二二日。セオドア・シュレイファー、ジェレミー・ダイアモンド「クリントンはトランプが『ヘイト運動』を率いていると言う。彼は彼女を『偏狭』と呼ぶ」CNNポリティクス、二〇一六年八月二五日。「本紙によるトランプのインタビューの抜粋」ニューヨーク・タイムズ紙、二〇一七年一二月二八日
＊17　前掲『一九八四年』
＊18　リンダ・チウ「ドナルド・トランプの就任式の観衆が史上最大だったと？　数字はそうは言わない」ポリティファクト、二〇一七年一月二一日
＊19　マシャ・ゲッセン「プーチン・パラダイム」NYRデイリー、二〇一六年一二月一三日
＊20　前掲『一九八四年』
＊21　オリバー・ミルマン、サム・モリス「トランプは気候変動を削除している、サイトごとに」ガーディアン紙、二〇一七年五月一四日。ブライアン・カーン「環境保護庁はオバマ時代の情報を消去し始めた」クライメート・セントラル、二〇一七年二月二日。レイラ・ミラー「『気候変動』が政府のサイトから消えゆく中でデータをアーカイブする闘い」フロントライン、二〇一七年一二月八日
＊22　ミーガン・セルーロ「環境保護庁、トランプ大統領下での新たな『優先順位』を反映し気候変動のページをウェブサイトから外す」ニューヨーク・デイリー・ニュース、二〇一七年四月二九日。ビル・マッキベン「気候変動に対するトランプ政権の解決策――用語を禁止する」ガーディアン紙、二〇一七年八月八日。オリバー・ミルマン「米連邦省庁が『気候変動』という用語の使用を検閲しているとメールが明らかにする」ガーディアン紙、二〇一七年八月七日。リディア・スミス「トランプ政権、環境保護庁のウェブサイトから『気候変動』への言及を削除する」インディペンデント紙、二〇一七年一〇月二二日。マイケル・コリンズ「環境保護庁、気候変動のデータとその他の科学的情報をウェブサイトから外す」USAトゥデイ紙、二〇一七年四月二九日。前掲「トランプは気候変動を削除している、サイトごとに」
＊23　ヴァレリー・ヴォルコヴィッチ、P・J・ハフスタッター「トランプ政権、米政府機関の公務員を口止めしようと試み

る」ロイター通信、二〇一七年一月二五日。リサ・フリードマン「環境保護庁、庁内の科学者による気候変動をめぐるトーク会を中止する」ニューヨーク・タイムズ紙、二〇一七年一〇月二二日。ダン・メリカ、ダナ・バッシュ「トランプ政権、国立公園局にツイートを止めるよう伝える」CNNポリティクス、二〇一七年一月二三日

＊24　ミチコ・カクタニ「ドナルド・トランプの寒気のする言葉遣いと言葉の恐ろしい力」ヴァニティ・フェア誌、二〇一七年一月二一日

＊25　エイダン・クイグリー「アメリカを再びスペルできるようにする？　ドナルド・トランプのツイッター上のスペルミス二五個」ニューズウィーク誌、二〇一七年六月二五日。ジェニファー・カルファス「トランプの公式就任ポスターには目立つスペルミスがある」ヒル紙、二〇一七年二月一二日。エリ・ローゼンバーグ「『State of the Uniom』スペルが間違ったトランプ大統領の初演説へのチケットは再印刷を要した」ワシントン・ポスト紙、二〇一八年一月二九日

＊26　エリザベス・ランダーズ「ホワイトハウス―トランプのツイートは『公式な発言である』」CNNポリティクス、二〇一七年六月六日。マシュー・ウィーヴァー、ロバート・ブース、ベン・ジェイコブズ「英国極右指導者の反ムスリムビデオのトランプによるリツイートをテリーザ・メイが非難する」ガーディアン紙、二〇一七年一一月二九日

＊27　スティーヴン・アーランガー「トランプが執着する『フェイク・ニュース』はいまや独裁者にとっての棍棒だ」ニューヨーク・タイムズ紙、二〇一七年一二月一二日。アン・アップルバウム「『トランプ効果』は世界各地の権威主義者に手を貸す」ワシントン・ポスト紙、二〇一六年五月四日。「トルコ、中国、エジプトが弾圧の代償をわずかにしか払わないなか、記録的な数のジャーナリストが投獄される」ジャーナリスト保護委員会、二〇一七年一二月一三日

＊28　ルース・ベン＝ギャット「米国の権威主義者」アトランティック誌、二〇一六年八月一〇日

＊29　ウンベルト・エーコ「原ファシズム」ニューヨーク・レビュー・オブ・ブックス、一九九五年六月二二日

＊30　「全文―ドナルド・トランプ二〇一六年共和党党大会演説の書き起こし草稿」ポリティコ、二〇一六年七月二一日

第六章

＊1　ラドヤード・キプリング「消えた光」飯島淳秀訳、『ノーベル賞文学全集　1』主婦の友社、一九七二年所収

＊2　デボラ・ソロモン「（再び）さようなら、ノーマ・ジーン」ニューヨーク・タイムズ紙、二〇〇四年九月一九日

＊3　ピュー研究所「二〇一六年における党派主義と政治的対立」二〇一六年六月二二日

＊4　デイヴィッド・ナカムラ、リサ・レイン「それは『とても金だ』―大統領記念コインのトランプ的な化粧直し」ワシントン・ポスト紙、二〇一七年一二月二二日

＊5　ビル・ビショップ『*The Big Sort: Why the Clustering of Like-Minded America Is Tearing Us Apart*（大きな仕分け―なぜ考えを共有

する米国人同士の集合が我々を引き裂いているのか）』二〇〇八年

＊6　同

＊7　同

＊8　ピュー研究所「全国的な制度の捉え方をめぐる鋭い党派的分裂」二〇一七年七月一〇日

＊9　ロナルド・ブラウンスタイン『*The Second Civil War: How Extreme Partisanship Has Paralyzed Washington and Polarized America*（第二次南北戦争―極端な党派主義がワシントンを麻痺させ、米国を分極化するまで）』二〇〇七年

＊10　モリー・ボール「なぜヒラリー・クリントンは負けたのか」アトランティック誌、二〇一六年一一月一五日

＊11　ピュー研究所「米国社会における政治的分極化」二〇一四年六月一二日。前掲「二〇一六年における党派主義と政治的対立」

＊12　ジュリアン・E・ゼリザー「選挙区改変が共和党員にもたらした力」ワシントン・ポスト紙、二〇一六年六月一七日。ロナルド・ブラウンスタイン「あれから一年後の米国」ステイト―CNNポリティクスのデジタル誌、二〇一七年一一月

＊13　前掲「米国社会における政治的分極化」「二〇一六年における党派主義と政治的対立」

＊14　「欺瞞の四隅―主要なリベラル派の社会心理学者が全てを捏造した」ラッシュ・リンボー・ショー、二〇一三年四月二九日

＊15　ディラン・マシューズ「平等主義についてあなたが知るべきことをまとめた記事」ワシントン・ポスト紙、二〇一一年八月二三日。ヨハイ・ベンクラー他「研究―ブライトバート率いる右翼メディアのエコシステムが広範なメディアの争点を変更した」コロンビア・ジャーナリズム・レビュー、二〇一七年三月三日。マギー・ヘイバーマン、グレン・スラッシュ「戦略者を追放せよというトランプに迫る声が高まる中でバノンは宙吊りだ」ニューヨーク・タイムズ紙、二〇一七年八月一四日。マイケル・J・デ・ラ・メルセド、ニコラス・ファンドス「フォックスの馴染みの薄いが協力なテレビライバル：シンクレア」ニューヨーク・タイムズ紙、二〇一七年五月三日

＊16　ジョン・ジーグラー「ドナルド・トランプの選出が私に全国的ラジオ番組に終止符を打つ決定を後押しするまで」メディアアイト、二〇一六年一二月一八日

＊17　チャーリー・サイクス「いかに右派は正気を失い、ドナルド・トランプを支持するようになったのか」ニューズウィーク誌、二〇一七年九月二一日。チャーリー・サイクス「右派はどこで間違ったのかチャーリー・サイクスに聞く」ニューヨーク・タイムズ紙、二〇一六年一二月一五日

＊18 前掲「研究―ブライトバート率いる右翼メディアのエコシステムが広範なメディアの争点を変更した」。アレクサンドラ・トッピング「スウェーデン、誰が信じるだろう？　トランプ、架空のテロ攻撃を引き合いに出す」ガーディアン紙、二〇一七年二月一九日。サマンサ・シュミット、リンゼー・ベヴァー「ケリアン・コンウェー、入国禁止措置を正当化する上で実在しない『ボウリング・グリーン大虐殺』に言及する」ワシントン・ポスト紙、二〇一七年二月三日

＊19 アレクサンダー・ナザリアン「トランプに挑戦したジョン・マケインの癌は『神の正義だ』とオルタナ右翼は主張する」ニューズウィーク誌、二〇一七年七月二〇日

＊20 アンドリュー・サリヴァン「米国は人間のために設立されていない」ニューヨーク紙、二〇一七年九月一九日

＊21 エリザベス・コルバート「なぜ事実は私たちの考えを変えないのか」ニューヨーカー誌、二〇一七年二月二七日

＊22 キャス・サンスティーン『*Going to Extremes: How Like Minds Unite and Divide*（極端に走る―考えの共有が統合および分裂を招く様子）』二〇〇九年

＊23 同

＊24 前掲「いかに右派は正気を失い、ドナルド・トランプを支持するようになったのか」「右派はどこで間違ったのかチャーリー・サイクスに聞く」

＊25 チャーリー・サイクス『*How the Right Lost Its Mind*（右派が正気を失うまで）』二〇一七年

＊26 イーライ・パリサー『フィルターバブル―インターネットが隠していること』井口耕二訳、早川書房、二〇一六年

＊27 同

＊28 イーライ・パリサー「オンラインの『フィルター・バブル』にご注意」TED、二〇一一年

第七章

＊1 ウィリアム・ギブスン『*Zero History*（ゼロ・ヒストリー）』二〇一〇年

＊2 「ウェブの歴史―サー・ティム・バーナーズ＝リー」ワールド・ワイド・ウェブ・ファウンデーション

＊3 ジャロン・ラニアー『人間はガジェットではない』井口耕二訳、早川書房、二〇一〇年

＊4 ニコラス・G・カー『ネット・バカ―インターネットがわたしたちの脳にしていること』篠儀直子訳、青土社、二〇一〇年

＊5 前掲『注目の商人』

＊6 同

＊7 「『誰がシェアしたのか？』米国人がソーシャルメディア上で信頼できるニュースを選択する方法」アメリカン・プレ

ス・インスティチュート、二〇一七年三月二〇日。エリサ・シャアラー、ジェフリー・ゴットフリード「ソーシャルメディア別のニュース利用、二〇一七年版」ピュー研究所、二〇一七年九月六日

*8　「イエロー・ジャーナリズム」『帝国の試練—米西戦争』PBS所収。ジェイコブ・ソッル「フェイクニュースの長く過酷な歴史」ポリティコ、二〇一六年一二月一八日。「ガイウス・ジュリアス・シーザー—ガリアの征服」リヴィアス・オルグ

*9　ケヴィン・ルーズ「ラスベガス銃乱射後、フェイクニュースはメガホンを取り戻す」ニューヨーク・タイムズ紙、二〇一七年一〇月二日。ジェニファー・メディナ「ラスベガス銃撃犯をめぐる新たな報告が発表された。要点は以下の通り」ニューヨーク・タイムズ紙、二〇一八年一月一九日

*10　クレイグ・シルバーマン「急速に拡散した、選挙をめぐる偽のニュース記事がフェイスブック上で本物のニュースをしのいだことを示す分析」バズフィード、二〇一六年一一月一六日

*11　オックスフォード大学インターネット研究所「トランプ支持者と極右は『最も幅広いジャンク・ニュースを拡散している』」二〇一八年二月六日。イシャーン・サルール「『フェイク・ニュース』と民主主義に対するトランプ的脅威」ワシントン・ポスト紙、二〇一八年二月七日。ショーン・マスグレーヴ、マシュー・ナスバウム「伝統的なニュース機関を欠く地域でトランプは成功している」ポリティコ、二〇一八年四月八日

*12　ピエール・オミダイア「ソーシャルメディアが民主主義に対する直接的な脅威となった六つの形」ワシントン・ポスト紙、二〇一七年一〇月九日。オミダイア・グループ「ソーシャルメディアは民主主義に対する脅威なのか?」二〇一七年一〇月一日

*13　オリヴィア・ソロン「ウェブの将来について　ティム・バーナーズ=リー——『システムが機能していない』」ガーディアン紙、二〇一七年一一月一五日

*14　前掲「我々が調整されてしまう前に、フェイスブックを直す方法」。ニコラス・トムソン、フレッド・ボーゲルスタイン「フェイスブックそして世界を揺るがした二年間」ワイヤード、二〇一八年二月一二日

*15　マイケル・ルイス「誰か大統領を見かけた人はいるか?」ブルームバーグ・ビュー、二〇一八年二月九日

*16　マテア・ゴールド、フランセス・ステッド・セラーズ「トランプ陣営に仕えた後、英国のデータ会社は米政府との新たな契約を目論んでいる」ワシントン・ポスト紙、二〇一七年二月一七日。ニコラス・コンフェッソール、ダニー・ハキム「データ会社は『秘密のソース』がトランプを助けたという、多くの者が嘲笑する」ニューヨーク・タイムズ紙、二〇一七年三月六日。ジョシュア・グリーン、サッシャ・アイゼンバーグ「数日を残す、トランプ塹壕の中」ブルームバ

ーグ、二〇一六年一〇月二七日

*17 マシュー・ローゼンバーグ、ガブリエル・J・X・ダンス「『あなたが商品だ』―フェイスブック上でケンブリッジ・アナリティカの標的になる」ニューヨーク・タイムズ紙、二〇一八年四月八日。キャロル・キャッドウォラダー、エマ・グラハム＝ハリソン「判明―大規模なデータ漏洩によって五〇〇〇万ものフェイスブック・アカウントがケンブリッジ・アナリティカに晒された」ガーディアン紙、二〇一八年五月一七日。オリヴィア・ソロン「ケンブリッジ・アナリティカが追加的に三七〇〇万ものユーザー・データを得たかもしれないとフェイスブックはいう」ガーディアン紙、二〇一八年四月四日

*18 クレイグ・ティムバーグ、カーラ・アダム、マイケル・クラニッシュ「元従業員によると、バノンはケンブリッジ・アナリティカによるフェイスブック・データの収集を監督した」ワシントン・ポスト紙、二〇一八年三月二〇日。イソベル・トムソン「スティーブン・バノンとアレクサンダー・ニックスとの秘密の歴史を解説する」ヴァニティ・フェア誌、二〇一八年三月二一日

*19 レスリー・シュタール「フェイスブック上の『埋め込み』広告、ロシアとトランプ陣営の秘密兵器」六〇ミニッツ、二〇一七年一〇月八日

*20 前掲「数日を残す、トランプ塹壕の中」。デイヴィッド・A・グラハム「トランプによる『有権者抑制計画』は黒人の有権者を標的にしている」アトランティック誌、二〇一六年一〇月二七日

*21 シェーン・ハリス「民主党全国委員会を危険に晒したロシアのハッカーたちが上院を標的にしていると会社が述べる」ワシントン・ポスト紙、二〇一八年一月一二日。ラファエル・サッター「内部事情―ロシア人はどのように民主党員たちのメールをハッキングしたのか」AP通信、二〇一七年一一月四日。プリヤンカ・ボガーニ「政治的介入を通じてロシアが得ようとするもの」フロントライン、二〇一六年一二月一三日。リック・ノアック「欧州におけるロシアの選挙介入について我々が今のところ知っていること」ワシントン・ポスト紙、二〇一八年一月一〇日。米上院外交委員会「ロシアと欧州における民主主義に対するプーチンの非対称的な攻撃―米国安全保障に予想される影響」二〇一八年一月一〇日

*22 デイヴィッド・イングラム「一億二六〇〇万人の米国人がロシア関連の政治記事を目にした可能性があるとフェイスブックはいう」ロイター通信、二〇一七年一〇月三〇日。シェーン・ゴールドマッハー「米国は新たな目印へ到達する―有権者登録が二億人」ポリティコ、二〇一六年一〇月一九日。スコット・シェーン「これらが二〇一六年にロシアがフェイスブック上で購入した広告だ」ニューヨーク・タイムズ紙、二〇一七年一一月一日。レスリー・シャピロ「ロシア

のフェイスブック広告の分析」ワシントン・ポスト紙、二〇一七年一一月一日

＊23　クレイグ・ティムバーグ他「公表されたロシアの広告、介入運動の洗練度を証明する」ワシントン・ポスト紙、二〇一七年一一月一日

＊24　ジャック・ニカス「ユーチューブはいかにして人々をインターネットの最も暗い隅々へ送り込むのか」ウォール・ストリート・ジャーナル紙、二〇一八年二月七日。ポール・ルイス「『フィクションが現実にまさっている』―ユーチューブのアルゴリズムが真実を歪める方法」ガーディアン紙、二〇一八年二月二日。ジョン・スウェイン「公開したよりも多くのロシアのボットが選挙について投稿したことをツイッターが認める」ガーディアン紙、二〇一八年一月一九日。フィリップ・N・ハワード他「米大統領選中のソーシャルメディア、ニュースおよび政治的情報―分極化を招くコンテンツは結果を左右する州に集中していたのか？」コンピュータ計算によるプロパガンダ研究プロジェクト、二〇一七年九月二八日

＊25　ベン・ポプケン、ケリー・コビエラ「ロシアのトロール、悪名高いデマ工場での作業を語る」NBCニュース、二〇一七年一一月一六日。スコット・シェーン「選挙結果に影響を与えるためにロシアが捏造した偽の米国人たち」ニューヨーク・タイムズ紙、二〇一七年九月七日

＊26　ライアン・ナカシマ、バーバラ・オルトゥタイ「ツイッター上のロシアのトロールがトランプをめぐる悪いニュースから注目を逸らした」USAトゥデイ紙、二〇一七年一一月一〇日。イッシー・ラポウスキー「親クレムリンのツイッター・トロール、ロバート・モラーを標的にする」ワイヤード、二〇一八年一月五日

＊27　ハーパー・ニーディグ「世論調査―有権者の八三パーセントが連邦通信委員会によるネット中立性の維持を支持する」ヒル紙、二〇一七年一二月一二日。トッド・シールズ「連邦通信委員会はロシアのメールアドレスからネット中立性を巡る四四万四九三八件のコメントを受信した」ブルームバーグ、二〇一七年一一月二九日。「ネット中立性をめぐって連邦通信委員会へ寄せられた一般コメントの半数以上が偽物だと思われる―調査」ロイター通信、二〇一七年一一月二九日。スーザン・デッカー「偽コメントをめぐりネット中立性の撤回を延期する可能性を連邦通信委員会は否定した」ブルームバーグ、二〇一八年一月五日。ジョン・ブロドキン「ネット中立性をめぐるコメント詐欺の調査を連邦通信委員会が妨害したとニューヨーク州司法長官はいう」アース・テクニカ、二〇一七年一一月二二日。ブライアン・ファング「『連邦通信委員会のネット中立性過程、偽コメントや消える消費者苦情によって『不正』が働かれたと当局はいう」ワシントン・ポスト紙、二〇一七年一一月二四日。ジェームズ・V・グリマルディ、ポール・オーヴァーバーグ「何百万もの人々が連邦規制についてコメントを投稿する。その多くは偽物である」ウォール・ストリート・ジャーナル紙、

二〇一七年一二月一二日。ジェームズ・V・グリマルディ、ポール・オーヴァーバーグ「『信認義務』制度に批判的なコメントの多くは偽物だ」ウォール・ストリート・ジャーナル紙、二〇一七年一二月二七日

＊28　サマンサ・ブラッドショー、フィリップ・N・ハワード「集団、トロール、問題を起こす者―組織的なソーシャルメディア操作の地球規模の目録」コンピュータ計算によるプロパガンダ研究プロジェクト、二〇一七年一二月

＊29　前掲「ソーシャルメディアが民主主義に対する直接的な脅威となった六つの形」「ソーシャルメディアは民主主義に対する脅威なのか？」

＊30　ジュリア・マンスロー「ヘイデン元CIA長官―ロシアによる選挙介入は『歴史上最も成功した秘密裏の影響作戦』」ヤフーニュース、二〇一七年七月二一日。シンシア・マクファーデン、ウィリアム・M・アーキン、ケヴィン・モナハン「ロシアが米有権者制度に入り込んだと米当局トップはいう」NBCニュース、二〇一八年二月八日。シェーン・ハリス「民主党全国委員会を危険に晒したロシアのハッカーたちが上院を標的にしていると会社はいう」ワシントン・ポスト紙、二〇一八年一月一二日

＊31　シャノン・オニール「メキシコの選挙をプーチンの次の標的にさせるな」ブルームバーグ・ビュー、二〇一七年一一月九日。ジェイソン・ホロウィッツ「フェイクニュースの選挙シーズンに身構えるイタリア、フェイスブックの援助を要請する」ニューヨーク・タイムズ紙、二〇一七年一一月二四日。ヤスミーン・セルハン「選挙を前にしたイタリア、急いで情報操作と戦う」アトランティック誌、二〇一八年二月二四日。「対立政党がロシアの支持を得ようとするイタリア、選挙に対する脅威について警告を発する」APニュース、二〇一八年二月二一日

＊32　オリヴィア・ソロン「フェイクニュースの未来―読んだり見聞きしたりしたことを全て信じるな」ガーディアン紙、二〇一七年七月二六日。ケイド・メッツ、キース・コリンズ「AIによる『追いつ追われつのゲーム』が、いかにもっともらしい偽の写真を作成するのか」ニューヨーク・タイムズ紙、二〇一八年一月二日。ジェームズ・ヴィンセント「新たなAI研究、誰かが話している偽の映像を作成することを容易にする」ヴァージ、二〇一七年七月一二日。デイヴィッド・ガーシュゴーン「AIが嘘をつき騙すために使われることを防ごうとAI研究者は試みている」クォーツ、二〇一七年一二月八日。スタンフォード哲学百科事典「ボードリヤール」

第八章

＊1　ロバート・A・ハインライン「もしこのまま続けば」『動乱2100』矢野徹訳、早川書房、一九八六年所収

＊2　ピーター・ポマランツェフ「プーチンのラスプーチン」ロンドン・レビュー・オブ・ブックス、二〇一一年一〇月二〇日

＊3 V・I・レーニン「ロシア社会民主労働党第五回大会にたいするペテルブルグの分裂およびこれに関連する党裁判所の設置についての報告」『レーニン全集　第12巻』レーニン、ソ同盟共産党中央委員会付属マルクス＝エンゲルス＝レーニン研究所編、マルクス＝レーニン主義研究所訳、大月書店、一九五五年所収

＊4 アン・アップルバウム「百年後、ボルシェヴィズムが戻ってきた。そして我々は懸念すべきだ」ワシントン・ポスト紙、二〇一七年一一月六日

＊5 ヴィクター・セベスチェン『*Lenin: The Man, the Dictator, and the Master of Terror*（レーニン―その男、独裁者そしてテロの達人）』二〇一七年

＊6 ライアン・リザ「スティーブン・バノンがトランプのホワイト・ハウスを率いる」ニューヨーカー誌、二〇一六年一一月一四日

＊7 ジェーン・メイヤー「トランプ大統領の後盾である孤独好きのヘッジファンドの大御所」ニューヨーカー誌、二〇一七年三月二七日

＊8 前掲『レーニン―その男、独裁者そしてテロの達人』

＊9 「プロパガンダ―ゲッベルスの方針」https://www.physics.smu.edu/pseudo/Propaganda/goebbels.html。ミチコ・カクタニ「『ヒトラー』において、馬鹿者から扇動政治家への昇進」ニューヨーク・タイムズ紙、二〇一六年九月二七日。ミチコ・カクタニ「『プロパガンダがいかに作用するのか』は、ポスト真実の時代にとって時宜を得た注意点だ」ニューヨーク・タイムズ紙、二〇一六年一二月二六日

＊10 ヴォルカー・ウルリッヒ『*Hitler: Ascent, 1889–1939*（ヒトラーの台頭―一八八九年～一九三九年）』二〇一六年。前掲「『ヒトラー』において、馬鹿者から扇動政治家への昇進」参照

＊11 アドルフ・ヒトラー『わが闘争―民族主義的世界観』上下巻、平野一郎・将積茂訳、角川書店、一九七三年

＊12 前掲『新版　全体主義の起源3　全体主義』

＊13 クリストファー・ポール、ミリアム・マシューズ「『嘘の消火用ホース』というロシアのプロパガンダ・モデル」ランド研究所、二〇一六年

＊14 同

＊15 同

＊16 ツイッター、二〇一六年一二月一三日

＊17 T・S・エリオット『四つの四重奏』岩崎宗治訳、岩波書店、二〇一一年ほか

＊18　ゼイネップ・トゥフェクチ『*Twitter and Tear Gas: The Power and Fragility of Networked Protest*（ツイッターと催涙弾―ネットワーク化された抗議運動の力と脆弱性）』二〇一七年

＊19　前掲「プーチンのラスプーチン」

＊20　ピーター・ポマランツェフ「ロシアのイデオロギー―真実などない」ニューヨーク・タイムズ紙、二〇一四年一二月一一日

＊21　プリシラ・アルヴァレズ、テイラー・ホスキング「モラーによる一三のロシア人の起訴状全文」アトランティック誌、二〇一八年二月一六日。エイドリアン・チェン「政府機関」ニューヨーク・タイムズ・マガジン、二〇一五年六月二日

＊22　ピーター・ポマランツェフ「プーチンの情報戦争の内部」ポリティコ、二〇一五年一月四日

＊23　前掲「プーチンのラスプーチン」

＊24　ウラジスラフ・スルコフ「偽善の危機『私には米国の歌が聞こえる』」RT、二〇一七年一一月七日

＊25　アンドリュー・サリヴァン「反動的な誘惑」ニューヨーク、二〇一七年四月三〇日。ロージー・グレイ「インターネットの反民主的運動の裏側」アトランティック誌、二〇一七年二月一〇日。ケウファ・サネ「トランプを支持する知識人」ニューヨーカー誌、二〇一七年一月九日

第九章

＊1　マリー・ブレナー「ドナルド・トランプとロイ・コーンの容赦ない共益関係がいかに米国を変えたのか」ヴァニティ・フェア誌、二〇一七年八月七日

＊2　ドナルド・トランプ、ビル・ザンカー『*Think Big*（野心的に考える）』二〇〇九年

＊3　レベッカ・サヴランスキー「グラハム―共和党が税制改革法案を通さなければ『献金が滞る』」ヒル紙、二〇一七年一一月九日。クリスティーナ・マルコス「共和党議員―税制改革を実現するよう献金者が私に圧力をかけている」ヒル紙、二〇一七年一一月七日

＊4　前掲『重力の虹』

＊5　フィッツジェラルド『グレート・ギャツビー』野崎孝訳、新潮社、一九八九年ほか

＊6　スー・ハルパーン「ジュリアン・アサンジのニヒリズム」ニューヨーク・レビュー・オブ・ブックス、二〇一七年七月一三日。ハルーン・シディーク「ウィキリークスの戦争記録の非難に報道の自由団体が加わる」ガーディアン紙、二〇一〇年八月一三日。マシュー・ウィーヴァー「アフガン戦争記録―何千もの名前を伏せるようウィキリークスは促される」ガーディアン紙、二〇一〇年八月一〇日

＊7　ローラ・サイデル「郊外でフェイクニュースの作成者を突き止めた。我々が知ることができたのは以下のことである」オール・テック・コンシダード、NPR、二〇一六年一一月二三日

＊8　プブリウス・デシウス・ムス「フライト九三選挙」クレアモント・レビュー・オブ・ブックス、二〇一六年九月五日。ロージー・グレイ「トランプの国家安全保障会議に座るポピュリストのナショナリスト」アトランティック誌、二〇一七年三月二四日。マイケル・ウォーレン「匿名の親トランプ『デシウス』は今、ホワイトハウス内に勤務する」ウィークリー・スタンダード、二〇一七年二月二日。前掲「インターネットの反民主主義的運動の裏側」

＊9　ハドリー・フリーマン「サンディーフックの父親レオナード・ポズナー、殺人脅迫について語る――自分の子供の記憶をめぐって戦うなど想像したことがなかった」ガーディアン紙、二〇一七年五月二日。チャールズ・ラビン「パークランドの生徒たちは新たな攻撃に晒されている。今度はソーシャルメディア上で政治的右派からだ」マイアミ・ヘラルド紙、二〇一八年二月二〇日

＊10　ジョゼフ・ゴールドスタイン「オルタナ右翼の集会、ナチス時代の敬礼でトランプの選出に狂喜する」ニューヨーク・タイムズ紙、二〇一六年一一月二〇日

＊11　前掲「オンラインにおけるメディア操作とディスインフォメーション」

＊12　アシュリー・フェインバーグ「これがデイリー・ストーマーの手引きだ」ハフィントン・ポスト、二〇一七年一二月一三日

＊13　エイミー・B・ワン「トランプ、『CNN』が彼の靴に潰された画像をリツイートする」ワシントン・ポスト紙、二〇一七年一二月二四日

＊14　ジョシュア・グリーン『バノン―悪魔の取引』秋山勝訳、草思社、二〇一八年

＊15　前掲『ポストモダニズム』

＊16　「ラリー・マカフェリーによる、デイヴィッド・フォスター・ウォレスとの会話」レビュー・オブ・コンテンポラリー・フィクション、一九九三年。デイヴィッド・フォスター・ウォレス「エ・ウニバス・プルラム―テレビと米国フィクション」レビュー・オブ・コンテンポラリー・フィクション、一九九三年

＊17　ロジャー・ウォルムス「デイヴィッド・レジャー――別名ジョー・イスズ――は成功への道が嘘、嘘、嘘！で塗り固められていることを知る」ピープル誌、一九八六年一一月一〇日

おわりに

＊1　ニール・ポストマン『愉しみながら死んでいく―思考停止をもたらすテレビの恐怖』今井幹晴訳、三一書房、二〇一五

年
＊2 同
＊3 同
＊4 同
＊5 ジョージ・ソーンダーズ『*The Braindead Megaphone: Essays*（脳死のメガホン—エッセイ集）』二〇〇七年
＊6 ミチコ・カクタニ「なぜ『一九八四年』が二〇一七年に必読なのか」ニューヨーク・タイムズ紙、二〇一七年一月二六日
＊7 フリーダム・ハウス「世界における自由二〇一八年」フリーダムハウス・オルグ
＊8 チャールズ・マグラス「もはや執筆こそしていないが、まだフィリップ・ロスには言いたいことが山ほどある」ニューヨーク・タイムズ紙、二〇一八年一月一六日
＊9 ジョージ・ワシントン「ワシントン告別の辞、一七九六年」
＊10 トーマス・ジェファーソン「第一回就任演説」一八〇一年
＊11 前掲「ワシントン告別の辞、一七九六年」
＊12 ジェファーソン、ジョン・タイラーに宛てて、一八〇四年六月二八日『*The Papers of Thomas Jefferson*（トーマス・ジェファーソンの論文集）』二〇一七年より。スコット・ホートン「ジェファーソン—真実の道筋の追求」拾い読み（ブログ）ハーパーズ、二〇〇九年八月一五日参照
＊13 ジェームズ・マディソン、W・T・バリーに宛てて、一八二二年八月四日『*The Writings of James Madison*（ジェームズ・マディソン著作集）』一九〇〇〜一九一〇年より

追加参考文献

Arendt, Hannah, *The Human Condition*, Chicago: The University of Chicago Press, 1958.（ハンナ・アレント『人間の条件』志水速雄訳、筑摩書房、一九九四年ほか）
Avlon, John, *Washington's Farewell: The Founding Father's Warning to Future Generations*, New York: Simon & Schuster, 2017.
Campbell, Jeremy, *The Liar's Tale*, New York: W. W. Norton, 2002.
Chernow, Ron, *Washington: A Life*, New York: Penguin Press, 2010.
Clark, Christopher, *The Sleepwalkers: How Europe Went to War in 1914*, New York: Harper Perennial, 2014.（クリストファー・クラーク

『夢遊病者たち——第一次世界大戦はいかにして始まったか』1・2、小原淳訳、みすず書房、二〇一七年）
Confessore, Nicholas, "Cambridge Analytica and Facebook: The Scandal and the Fallout So Far," *New York Times*, Apr. 4, 2018.
D'Antonio, Michael, *The Truth About Trump*, New York: Thomas Dunne Books, 2016.（マイケル・ダントニオ『熱狂の王ドナルド・トランプ』渡辺靖解説、高取芳彦・吉川南訳、クロスメディア・パブリッシング、二〇一六年）
Diepenbrock, George, "Most Partisans Treat Politics Like Sports Rivalries, Study Shows," *Kansas University Today*, Apr. 15, 2015.
Ellis, Joseph J., *Founding Brothers: The Revolutionary Generation*, New York: Vintage, 2002.
Ellis, Joseph J., *The Quartet: Orchestrating the Second American Revolution*, 1783–1789, New York: Vintage, 2016.
Frum, David, "How to Build an Autocracy," *Atlantic*, Mar. 2017.
Gray, Rosie, "How 2015 Fueled the Rise of the Freewheeling, White Nationalist Alt-Movement," *BuzzFeed*, Dec. 27, 2015.
Halpern, Sue, "How He Used Facebook to Win," *New York Review of Books*, June 8, 2017.
Hamilton, Alexander, James Madison, and John Jay, *The Federalist Papers*, Dublin, Ohio: Coventry House Publishing, 2015.
Hofstadter, Richard, *Anti-intellectualism in American Life*, New York: Vintage, 1963.（リチャード・ホーフスタッター『アメリカの反知性主義』田村哲夫訳、みすず書房、二〇〇三年）
Hughes, Robert, *Culture of Complaint: The Fraying of America*, New York: Oxford University Press, 1993.
Huxley, Aldous, *Brave New World*, New York: Harper Perennial, 2006.（オルダス・ハクスリー『すばらしい新世界』黒原敏行訳、光文社、二〇一三年ほか）
Ioffe, Julia, "Why Trump's Attack on the Time Warner Merger Is Dangerous for the Press," *Atlantic*, Nov. 28, 2017.
Johnston, David Cay, *The Making of Donald Trump*, Brooklyn: Melville House, 2017.
Kahneman, Daniel, *Thinking, Fast and Slow*, New York: Farrar, Straus and Giroux, 2011.（ダニエル・カーネマン『ファスト&スロー——あなたの意思はどのように決まるか？』上下、村井章子訳、早川書房、二〇一四年）
Kaplan, Fred, *Lincoln: The Biography of a Writer*, New York: Harper, 2008.
Kasparov, Garry, *Winter Is Coming*, New York: PublicAffairs, 2015.
Levi, Primo, *The Drowned and the Saved*, New York: Vintage International, 1989.（プリーモ・レーヴィ『溺れるものと救われるもの』竹山博英訳、朝日新聞出版、二〇一四年ほか）
Luce, Edward, *The Retreat of Western Liberalism*, New York: Atlantic Monthly Press, 2017.
McCullough, David, *1776*, New York: Simon & Schuster, 2005.

Murphy, Tim, "How Donald Trump Became Conspiracy Theorist in Chief," *Mother Jones*, Nov./Dec. 2016.
O'Brien, Timothy L., *TrumpNation: The Art of Being The Donald*, New York: Grand Central Publishing, 2007.
Pluckrose, Helen, "How French 'Intellectuals' Ruined the West," *Areo*, Mar. 27, 2017.
Pomerantsev, Peter, *Nothing Is True and Everything Is Possible*, New York: PublicAffairs, 2015.
Remnick, David, "A Hundred Days of Trump," *New Yorker*, May 1, 2017.
Ricks, Thomas E., *Fiasco: The American Military Adventure in Iraq*, New York: Penguin Press, 2006.
Rosenberg, Matthew, and Gabriel J.X. Dance, "'You Are the Product': Targeted by Cambridge Analytica on Facebook," *New York Times*, Apr. 8, 2018.
Snyder, Timothy, *On Tyranny*, New York: Tim Duggan Books, 2017.（ティモシー・スナイダー『暴政―20世紀の歴史に学ぶ20のレッスン』池田年穂訳、慶應義塾大学出版会、二〇一七年）
Stanley, Jason, *How Propaganda Works*, Princeton, N.J.: Princeton University Press, 2015.
Timberg, Craig, Karla Adam and Michael Kranish, "Bannon Oversaw Cambridge Analytica's Collection of Facebook Data, According to Former Employee," *Washington Post*, Mar. 20, 2018.
Wolfe, Tom, ed., *The New Journalism*, New York: Picador Books, 1975.
Wolff, Michael, *Fire and Fury: Inside the Trump White House*, New York: Henry Holt & Co., 2018.（マイケル・ウォルフ『炎と怒り―トランプ政権の内幕』関根光宏・藤田美菜子訳、早川書房、二〇一八年）
Wood, Gordon S., *The Radicalism of the American Revolution*, New York: Vintage, 1993.
Wylie, Christopher, "Why I Broke the Facebook Data Story – and What Should Happen Now," *Guardian*, Apr. 7, 2018.
Yglesias, Matthew, "American Democracy Is Doomed," *Vox*, Oct. 8, 2015.

訳者あとがき

ミチコ・カクタニ氏は一九五五年生まれ、コネチカット州ニューヘイヴン出身の日系米国人二世で、市内のイェール大学で英文学を専攻しました。記者としてのキャリアをスタートさせた後、三四年間にわたりニューヨーク・タイムズ紙上で書評を担当し、二〇一七年に退職しています。デイヴィッド・フォスター・ウォレスやゼイディー・スミスといった作家の人気を後押ししたと言われると同時に、厳しい指摘が有名で、一九九八年にはピューリッツァー賞（批評部門）を受賞しました。退職後は、トランプ大統領の移民政策に対して二〇一八年七月に日系人として太平洋戦争中に強制収容所へ送られた母方の家族についての記事を発表するなど（"I Know What Incarceration Does to Families. It Happened to Mine," *New York Times*, July 13, 2018.）、執筆活動に専念しています。

私は一九九二年（ビル・クリントン初当選）、二〇〇〇年（ジョージ・W・ブッシュ初当選）、二〇〇八年（バラク・オバマ初当選）の大統領選挙を米国で見守り、前後の空気の変化を感じとってきました。二〇一六年には、一三年前に卒業したコネチカット州の寄宿制私立高校から招待を受け、投票日から二週間が経った感謝祭前にニューヨークへ降り立ちました。キャンパスを覆う空気は重く、大悲劇から立ち直ろうとする雰囲気でした。寛容や自由といった価値観の再考をやはり迫られた九・一一を思い出さずにはいられません。高校生活の二年目が始まったばかりの二〇〇一年、車で一時間半しか離れていないウォール・ストリートで同時多発テロが起き、地元の街では報復と称した人種差別的な襲撃事件が勃発し、やがてアフガニスタンやイラクに対する攻撃が決行される時代の推移を体験したのでした。

二〇一六年一一月八日の開票を受け、学生だけでなく教師たちもショックで泣いていたと聞きました。偏見を助長したり女性を蔑視したりするレトリックが大勢の国民を動員したことを示す投票結果は、多くの人々にとって、人種や宗教、ジェンダーといった面での多様性が尊重され、奨学金制度などを通じて幅広い経済・家庭環境の生徒が集う校内とは異なり、自分のアイデンティティが外の世界においては身の危険を伴うのだという警告だったのです。

マンハッタンの地下鉄の駅構内でも目にしたように、学食へ足を踏み入れると壁が色とりどりの付箋で覆われていました。「多くの犠牲の上に勝ち取られた権利を失うことを恐れている」「アメリカは私が信じていたような国ではなかった」「家族の安全を案じる」「私にしたことが許される行為だと、加害者が考えるようになるのではと思う」。

一般得票数ではヒラリー・クリントンが上回っていたとは言え、真実を軽視するドナルド・トランプが当選しただけでなく、なお支持され続けているという点からは、政治献金、選挙報道、選挙区の操作、選挙人制度にまで及ぶ構造的な問題はもちろん、社会的な潮流が役割を果たしているのが明らかです。長年にわたって英語圏で最も影響力の強い文芸批評家と呼ばれ、文学だけでなく政治や思想をも含む文化的現象について発言してきたカクタニ氏は本書において、ポストモダニズム（とりわけ脱構築主義）、ニヒリズム、インフォテインメントなどの要因が根底にあると説いています。

プロパガンダの歴史は古代へ遡りますが、現代について特筆すべきなのはインターネットやスマートフォンの普及により、市民がクリック一つで事象の真相を確かめ対抗できるはずだという点でしょう。しかし皮肉なことに、テクノロジーの進歩がもたらした玉石混淆の情報過多状態はユーザーを疲弊させ、情報源を見極めて思考力を働かせる姿勢を抜きにしては混乱を招くばかりです。

真偽を問題とせずコミュニティの分裂を招く扇動的な見出しが収益に繋がるという指摘は、従来のメディアにも当てはまるものの、今日はアルゴリズムによって受け手の「ムラ化」が一層進んでいます。その最たる例が、本書でも描写されているボットやトロールを利用したロシアによる世論操作で、標的となっているか否かによって人々はまったく別の判断材料を手にしていることになります。選挙に介入する試み、それによる米国の政策変更の余波は、世界中に及んでいます。

事実に基づいた議論に必要なのが、こうした現実認識の乖離を超えて相手を説得する力。それを育むためには、ヴァーチャルな次元で物事を把握したつもりにならず、身体で理解することが欠かせないのではないでしょうか。捏造されたコンテンツではなく、生身の人間の違和感が正確に言語化されたうえで発信・共有されること。カクタニ氏が未来への希望を見出す対象も、フロリダ州パークランドで銃乱射事件を生き延び、悲しみと憤りを原動力に銃規制運動に打ち込む高校生たちです。

地道な草の根レベルでの組織化が功を奏して、二〇一八年に米国の有権者は中間選挙における一九一四年以来最高の投票率を記録し、マイノリティ候補が躍進を遂げました。心からの対話と勇敢な行動によって早くも民主主義が勢いづいています。

ミチコ・カクタニ
Michiko Kakutani
文芸評論家。米コネチカット州に日系アメリカ人二世として生まれる。イェール大学で英文学を専攻し、1976年に卒業。ワシントン・ポスト紙、タイム誌を経て、79年にニューヨーク・タイムズ紙に入社。30年以上にわたり同紙で書評を担当し、鋭い文芸批評で文学界に多大な影響を及ぼす。98年にピューリッツァー賞(批評部門)を受賞。2017年に退社。著書に*The Poet at the Piano: Portraits of Writers, Filmmakers, Playwrights and Other Artists at Work*(『仕事場の芸術家たち』)がある。

岡崎玲子
(おかざき・れいこ)
1985年兵庫県生まれ。豪ヴィクトリア州法廷弁護士。米ニューヨーク州弁護士。ジャーナリスト。翻訳家。早稲田大学法学部卒業後、カリフォルニア大学ロサンゼルス校ロースクール(UCLA School of Law, LL.M.)を修了し、米ニューヨーク州弁護士資格を取得。その後、豪モナッシュ大学で学び、豪ヴィクトリア州法廷弁護士として登録。2001年に『レイコ@チョート校』を刊行し、『9・11ジェネレーション』(2004年)で黒田清JCJ(日本ジャーナリスト会議)新人賞を受賞。訳書にノーム・チョムスキー『すばらしきアメリカ帝国』など。

ブックデザイン
鈴木成一デザイン室

真実の終わり

2019年 6 月10日　第1刷発行
2019年11月12日　第3刷発行

著者　ミチコ・カクタニ

訳者　岡崎玲子

発行者　徳永 真

発行所　株式会社集英社
〒101-8050 東京都千代田区一ツ橋 2-5-10
電話 03-3230-6100（編集部）
03-3230-6080（読者係）
03-3230-6393（販売部）書店専用

印刷所　大日本印刷株式会社

製本所　株式会社ブックアート

ISBN978-4-08-773496-6 C0098
定価はカバーに表示してあります。